99のなみだ・桜

涙がこころを癒す短篇小説集

リンダブックス

目次

99のなみだ・桜

雨のち笑顔

　雨がシトシト降っている。幼稚園の入り口横にある掲示板まで行って帰るだけだからと、潤《じゅん》が傘を持たずに教員室を出たら、「仁科《にしな》先生！　ちゃんと傘さしていってくださいね」と園長先生に呼び止められた。「お知らせの紙は濡らさないようにしますから」と言う潤に、園長先生は「違うわよ」と傘を手に近づいてくる。「風邪ひいたら大変じゃない」

　背の高い潤を見あげる園長先生の表情は、まるで息子を気遣う母親のようだったから、潤は「ありがとうございます」と素直に傘を受け取った。

　門から出ようとしたところで、掲示板の前に立っている人影に気付いた。掲示板にいま貼られているのは、大人向けと子供向けの『虐待ホットライン』の二枚のポスターだけだ。子ども向けのものには、大人に叩《たた》かれている子どもが泣いているイラストと、その子どもが電話をしているイラスト。そして、電話番号と受付曜日と時間が大きく書かれている。

　そのポスターを食い入るように見つめているのは、ピンクの傘をさしてランドセルを背負《しょ》った小学生の女の子だった。

高学年ぐらいかなと潤が思った時、手にしていたお知らせの紙が風に煽《あお》られ、その音に少女がハッと振り返った。潤と目が合うと、彼女は身をひるがえして行ってしまった。

雨に濡れている掲示板のガラスの扉を開け、カエルやテルテル坊主のイラストをちりばめた「おはなし会のお知らせ」を画鋲《がびょう》で留めながら、少女の姿を思い返す。

ポスターを見つめる彼女は思いつめた目をしていた。電話をかけてみようと思っていた彼女の気持ちを削《そ》いでしまったかもしれないと思うと、落ち着かなくなった。

いや、彼女はたまたまポスターを眺めていただけだ、と言い聞かせる。過度な汚れや皺のないシャツとジーンズ。長靴から覗いた清潔そうな靴下。きちんと編みこまれた髪の毛。ツルリときれいな肌。切れ長の瞳には、虐待されている子に見られるような怯《おび》えや曇りはなかった。どこから見ても、彼女は親にきちんと愛情をかけてもらっているように思えた。

でも、もし何かあるなら、この番号に電話をしてくれ。そう祈るような思いで潤は掲示板の扉を閉めた。

翌日も雨だった。「じゅんせんせぇ、さよぉならぁ」と叫ぶ園児と母親に手を振り、園内に戻ろうと姿勢を変えた途端、数メートル離れたところに立っている少女と目が合った。今日は黒いTシャツに白いチュニックという服装だったが、傘は昨日と同じピンク色だった。

潤が近づいても、彼女は逃げなかった。そして、潤が話しかけるよりも先に掲示板を指差して言った。「あのポスターのこと、質問してもいいですか。学校の宿題なんです」

彼女の質問はふたつだった。あの電話はこの幼稚園につながるのか。電話をかけると、刑事ドラマのようにかけた人の電話や名前や住所がわかってしまうのか。

「あの電話はこの幼稚園にはかからないんだけど、この幼稚園の母体――ってわかる？」

「経営してるところですか？」大人びた答えに少し驚きながら、潤は頷いた。

「そこにね、電話を受ける人がいるんだ。いままでも、いろんな子どもを助けてきた人たちだから何でも相談にのってくれる。電話をかけても名前や住所や電話はわからないし、聞かないよ。お話がしやすいように、下のお名前だけは聞くことがあるけどね」

少女は質問をし終わってもその場を離れようとはせず、雨の落ちる道路に視線を落として何事か考え込んでいた。やがて顔をあげ、「あの」と言いかけて、またすぐに目を伏せる。

「お友だちや近所の子が虐待されてるみたいっていう電話でもいいんだよ」と励ますように言うと、パッと顔をあげた。どうしてわかったのだという驚きと、バレてしまったという怯えの表情を見た瞬間、潤は確信した。この子は、誰かが虐待を受けていることを知っている――。

「別に私は……あの、学校の宿題で、その、自由研究で」とシドロモドロに言うと、少女は「ありがとうございました」と呟いて潤の横をすり抜けようとした。

「ねぇ」潤はとっさに声をかけた。「よかったら、お茶でも飲んでいかない？　宿題の役に立つお話がしてあげられるかもしれない」

逃げ出そうとしていた彼女の足が止まったのを見てから、潤は先に立って園に入った。彼女もいまさら「宿題ではないです」とは言えないらしく、オズオズとついてきた。

今日は延長保育もなく、園児は全員帰ってしまっている。潤は彼女を教員室ではなく一階のカエル組に案内した。

園長先生に簡単に事情を話し、紅茶の入ったカップとクッキーの缶をお盆にのせて戻った潤が、「僕は仁科潤と言います。ここで幼稚園の先生をしています」と挨拶をすると、少女も慌てて頭を下げた。「松川満理奈《まりな》です。小五です」

通っている小学校はここから数分のところにある。もしかして、この幼稚園の卒園生かと思ったが、そうではないらしく、隣町の幼稚園に通っていたと言う。そういう話をしながら紅茶を飲み、クッキーを食べるうちに満理奈の緊張も解《ほぐ》れてきた。

「あの、役に立つ話ってなんですか」

「役に立つって言い方は違うかもしれない。でも、満理奈ちゃんに聞いてほしい話」

潤の言葉に満理奈は眉間に軽く皺を寄せたが、そのまま黙ってカップを包み込むように持った。聞いてくれるらしい。潤はホッとして話し始めた。

十五年ぐらい前、僕には親友がいた。小学三年生の時から同じクラスだった橋本寛太《かんた》っていう子だ。もともとは野村という名字で、出席番号順に並ぶと僕らは前と後ろになる。三年に進級した日、僕が話しかけたのがきっかけで仲良くなったんだ。

お調子者でうるさい僕と比べて、寛太はおとなしかった。断ることが苦手で、当番でもないのに掃除を押し付けられることも多かったよ。それを見た僕が腹を立てて「ほっといて帰ろうよ」って言っても、「する人がいないから」って掃除をしてしまうような子だった。僕が手伝うと、「ごめんね、ありがとう」って嬉しそうに言うんだ。その笑顔を見るとこっちまで嬉しくなるから、僕は文句を言いながらも手伝ってしまう。

寛太の家はとても貧乏だった。両親は寛太が幼稚園の時に離婚していて、お父さんがつくった借金を返すために、お母さんは事務の仕事をしながら、毎晩遅くまで洋裁の内職をしていた。参観日にオシャレをしてくるお母さんたちの中で、寛太のお母さんだけが普段着だったし、髪はゴムでまとめただけ。化粧は口紅だけで、いつも疲れた顔をしていた。

でも、四年生のクリスマス前におばさんが再婚して、寛太の生活は変わったんだ――。

「再婚……」黙って聞いていた満理奈の口から言葉が漏れた。寛太ではない、ここにいない誰かに思いを馳《は》せている様子を潤が見守っていると、我に返った彼女は「寛太くんはどうなったんですか?」と尋ねた。


お母さんが再婚したと教えてくれた時、寛太は珍しく興奮していた。

「新しいお父さんはめちゃくちゃいい人だよ。若いし、かっこいいんだ。お母さんに、いままでみたいに夜遅くまで働かなくていいよって言ってくれるんだよ」

寛太はすごく嬉しそうだった。「新しいお父さんが、いままでもらった中で一番嬉しいクリスマスプレゼント」なんて言うぐらい。

僕も一度、新しいお父さんと会ったことがある。五年生になってすぐの土曜日、塾に行く途中でばったり出会ったんだ。寛太も両親もデパートの買い物袋を持っていた。きれいにお化粧をしたおばさんは初めて見たけど、上品なワンピースを着ていて、とても幸せそうだった。顔もキラキラと輝いていて、疲れた顔の時とは別人みたいだった。

「キミが潤くんか。寛太から聞いてるよ。これからもよろしくね」

そう言って僕に大きな手を差し出した新しいお父さんは、寛太が言う通りかっこよかった。おばさんより五つ下で三十歳になったばかりだって言ってたな。お腹がぽっこり出て、髪の毛が薄くなってきたうちの父さんとは全然違っていた。いいなぁ、あんなお父さんいいなぁって僕は羨ましかったよ。

寛太はそれまで、チビた鉛筆や残り少なくなった絵具のチューブを苦労して使っていたけど、新しいお父さんができてからは筆箱や絵具箱に新しいものが並ぶようになった。洋服も誰かのお下がりにおばさんがワッペンをつけたり、布を足したりしたものだったのに、新品を着てくるようになった。マンガやゲームも僕が貸すだけだったのに、交換できるようになった。

新しいお父さんが「お母さんに内緒だぞ」と余分にお小遣いをくれるって聞いて、僕はまた羨ましくなった。うちでは余分にお小遣いを貰うなんてことはありえなかったからね。

僕が寛太なら、そんなお父さんをすごく自慢したと思う。でも、寛太は自分からお父さんのことを話さなかったし、話してもすぐに話題を変えてしまう。照れてるんだなって僕は勝手に思い込んでいた——。


苦い思いで言葉を切った潤を、満理奈の大きな目がじっと見つめた。

「違ったんですか?」

「うん……違ってた」潤は顔を歪めた。「大の親友だって思ってたくせに僕は何もわかっていなかったし、気付いていなかった。あの頃、寛太は必死で我慢してたんだ——」

あの年は、四月の終わりから20℃を超える日が続くとても暑い年だった。五月の連休明けにはクラスの男子は半袖になったのに、寛太だけが長袖のままで、不思議に思って理由を聞くと、「うち、もうクーラーが効いてて寒いんだもん」と腕をさする真似をした。

「学校にいる昼間は半袖にすれば」って言っても、寛太は曖昧に笑っただけで話を変えた。

「ゴールデンウィーク、ディズニーランドに連れて行ってもらったんだよ。これ、潤にお土産」

寛太がランドセルから取り出した袋に気を取られた僕は、変なのと思った長袖のことを忘れてしまった。

寛太がおでこに大きな絆創膏を貼って登校してきたのは、その次の週だった。絆創膏には少し血が滲《にじ》んでいたし、右の頬骨のところも腫れている。驚く僕やクラスメイトに「お風呂で転んじゃった」って寛太は笑ったけど、腫れた頬が痛んでうまく笑えていなかった。

「ホントに大丈夫なの？」と聞くと、寛太は少しだけ口ごもって、でも「大丈夫だよ」って答えていた。

担任の先生は寛太を見た途端に顔色を変えて、一時間目の授業が終わるとすぐに寛太を廊下に連れ出したから、クラスはざわついた。

「先生、寛太くんが誰かにいじめられたって思ったんじゃない？」

女子の言葉に、全員の視線が僕に向いた。

「僕が寛太をいじめるわけないだろ！　お風呂で転んだって言ってたじゃん」

先生も僕を疑ってるのかな。心配になった僕は急いで廊下に出た。寛太と先生は、人通りの少ない渡り廊下で話をしていた。

「正直に言っていいのよ、橋本くん」先生の言葉に、イライラしたような寛太の言葉が重なる。

「だから、お風呂で転んだんです。泡がついてるとこ踏んで……。あの、もう戻っていいですか」

先生が優しい声で尋ねた。

「橋本くん。新しいお父さんとうまくいってる？　その怪我、もしかしてお父さんが関係してたりしない？」

先生は、寛太の怪我は新しいお父さんがやったと思っていると知って、僕は驚いた。テレビで観たり、両親が話している「ぎゃくたい」という言葉が頭に浮かんだ。

あんなにかっこいいお父さんが？　めちゃくちゃいい人で、お小遣いをいっぱいくれるお父さんが虐待？

ちょっと信じられない。茫然としていたら、「違います！」と寛太の大きな声がした。「違います。自分で滑って転んだんです！」いつになくハキハキした声だった。

「わかったわ。とりあえず、保健の先生に怪我を見てもらいましょう」

それも寛太は断ってしまったから、先生はとうとう諦めて、「何かあったらすぐに相談してね」と繰り返し言っていた。

先に教室に戻った僕は、先生に少し怒っていた。寛太がすごく喜んでいた新しいお父さんが、暴力をふるうわけがないのにって。でもよく考えると、一度会っただけの新しいお父さんのことを僕はほとんど知らないんだ。寛太が新しいお父さんのことをほとんど喋らなかったから。寛太は照れているんじゃなく、お父さんのことがイヤで、喋りたくなかったのかもしれないって、やっと気づいたんだ。

斜め前に座る寛太は腫れた頬がやっぱり痛そうで、時々、そうっと手で押さえていた。

僕はその日一日じゅう、寛太の怪我のことを考えた。本当に「ぎゃくたい」されているなら、言えばいいのに。どうして言わないんだろう。いくら考えてもわからなくて、帰り道、思い切って寛太に怪我のことを聞いたんだ。

寛太はやっぱり「お風呂で転んだ」と言ったけど、絶対に僕の目を見ようとしなかった。嘘だ。はっきりわかった。転んだなんて、嘘なんだ。

「本当のこと言えよ。その怪我、誰にやられたんだよ」僕はしつこく聞いた。黙ったまま俯いていた寛太は、「言えよ。親友だろ」って言うとやっと、「あと五年我慢すればいいから」って言ったんだ――。

「どうして五年なんですか？」満理奈が首を傾《かし》げた。

「五年たてば中学を卒業できるから。寛太は働けるようになるまで我慢するつもりだったんだ」

寛太が見せてくれた、痛々しい背中を思い出して、潤は溜息をついた。

寛太の新しいお父さんは普段は本当に優しいのに、お風呂で身体を洗っている寛太の背中に、熱湯をかけることがあった。かける量は大きな湯呑に一杯分なんだけど、わざわざ台所で沸かしたお湯を持ってくるんだ。かけられたらものすごく熱いし、ビックリするよね。

初めてそんなことをした日、悲鳴をあげた寛太を見て、お父さんはゲラゲラ笑ったんだ。お父さんは「ありがとう、寛太。なんかスッキリしたよ」って言いながら、寛太の背中に水をかけて冷やしてくれた。会社でイヤなことがあってムシャクシャしていたって聞いて、自分が何か悪いことをしたのかなって思っていた寛太はホッとした。

その翌日は何もなかった。そのまた翌日も。でも一週間ほどしてイライラした顔で帰宅したお父さんは、寛太にまた同じことをしたんだ。

それは一日だけで終わることもあれば、お父さんのイライラが収まるまで何日も続くこともあった。背中は見えないけど、腕は自分でも見える。何度も熱湯をかけられた肌はいつも赤黒くなっていたから、寛太は暑くなっても半袖にすることができなかった。

背中も腕もいつもヒリヒリしていたけど、寛太はおばさんに言わなかった。お母さんが再婚して幸せになったって信じていたからね。お父さんにお風呂に入ってこないように頼むこともできなかった。お母さんが、寛太と新しいお父さんが「本当の親子みたいに裸の付き合いができる」って喜んでいたから。

寛太は二人きりで生活していた時の疲れた顔のお母さんよりも、いまの幸せな顔をしたお母さんのほうが好きだった。そのお母さんに気づかれるといけないから、寛太は「熱い」っていう悲鳴も泣き声もあげないように必死で我慢してた。

でも、顔に怪我をして登校した前日、お父さんは熱湯をかけただけじゃなく、お尻を思い切り蹴飛ばしたんだ。その勢いで転んだ寛太は、顔を床のタイルで打って、額も浴室のドアのヘリで切ってしまった。いつもよりも痛かったのに、お母さんにバレないように痛い、怖いっていう言葉を、寛太は必死で飲み込んだ。

寛太の怪我を見て驚いたおばさんに、お父さんは「寛太とお風呂でふざけてたら転んじゃって。これから気をつけるよ」と言って傷の手当てをしてくれたけど、おばさんはおかしいと思ったらしいんだ。夜、寛太の部屋に来て「本当にふざけてたの?」と聞いた。

お母さんが本当のことを知ったら、お父さんと喧嘩になるかもしれない。お父さんがいなくなるかもしれない。お母さんが僕のせいで幸せじゃなくなったらイヤだ。そう思った寛太は必死で嘘をついた。

「ホントだよ。足に泡がついてたのに、気付かなかったんだ。すごかったよ、マンガみたいにつるりーんって身体が浮いちゃってさ」って面白おかしく話したから、おばさんは信じてしまった——。

「そのお父さん、ひどい！」あの時の潤と同じように満理奈も怒っていた。

「そんなひどいこと、寛太くん、五年も我慢するつもりだったんですか？」

「自分だけが我慢すればいい。寛太はそう思ってたからね——」潤は暗い顔で頷いた。

寛太は話し終えると、僕を見つめて言ったんだ。「潤は親友だから話したんだよ。絶対に絶対に誰にも内緒だからね。約束だよ」

「わかった、言わない」そう約束したけど、僕の心はザワザワしていた。本当に内緒にしていていいのかな。寛太はこれから五年間、ずっとずっと我慢しなきゃいけないのかな。プールが始まったらバレちゃうよ——。

ずっと寛太のことを考えていて、夕食の時にご飯を食べる手が止まったり、食べこぼしたりして、母さんや姉さんに何度も注意された。

「潤、アンタどうしたのよ、いったい」

心配する母さんに話そうと思ったけど、やめた。寛太と約束していたから。でも、本当は相談したかった。僕はどうしたらいい？　寛太をどうやったら助けてあげられる？　って。

その夜は布団に入ってからもなかなか眠れなかった。やっと寝たと思ったら、夢を見たんだ。寛太のお父さんがゲラゲラ笑いながら、寛太を追いかけ回している夢だった。つかまって、寛太が殺されちゃう！　というところで、僕は飛び起きた。

朝までに二回、同じ夢を見た僕は怖くなった。夢が本当になるんじゃないか。寛太が殺されるんじゃないか。そう思ったら怖かった。

だから、笑顔で登校してきた寛太を見た時には泣きそうになった。それぐらい、怖かったんだ。でも、寛太はもっと怖い思いを我慢している。

やっぱりこのままじゃダメだ。何とかして寛太を助けたいって思った僕は放課後、「先生にお父さんのこと言いに行こうよ」って寛太に言ったんだ。心配していた先生なら、きっと助けてくれる。そう思ったから。

「イヤだよ。それは絶対にイヤだ。言ったじゃないか、五年我慢するって」

僕一人で先生に言いに行こうか。そう思っていたら、寛太が青い顔で僕をにらんだ。

「もし、先生に言いつけたら絶交だからね！」

僕は焦った。絶交なんてしたくなかった。わかってる、すごくお節介だってことは。寛太が大丈夫だって言うんだから、大丈夫なのかもしれない。でも――。

「でも、僕はイヤだよ。寛太が痛い思いをするのを見ているだけなんてイヤだ。どうして寛太だけが我慢しなきゃいけないんだよ。どうして言ったらダメなんだよ」

言いながら、僕は興奮してきた。「寛太は全然悪くないのに、どうして蹴られたり、お湯をかけられたりしなきゃいけないんだよ！　おかしいよ！　そんなお父さん、絶対におかしい」

寛太の顔が歪んだ。「僕だって……イヤだよ。お父さんが帰ってくるのが怖い。お風呂の時間が怖い。でも、でも――」

寛太は首を振った。「やっぱり、僕はいまのままでいい。このままがいい……」

「死んだらどうするんだよ！」僕は必死で言った。「あいつに殺されたらどうするんだよ！　そんなことになったら、おばさんが悲しむよ！」脅しのような言葉に、寛太の眼が揺れた。

「おばさん、きっと泣いちゃうよ。それでもいいのかよ！」

その言葉に、寛太は唇を噛みしめて泣き始めた。僕が姉さんと喧嘩をしたり、両親に叱られた時に大声で泣くのとは全然違う、声を全く出さない泣き方だった。

寛太はずっと、こんなふうに泣いてきたんだ――そう思うと、何も言えなかった。ただ、寛太の涙が教室の床にしみ込んでいくのを見ていることしかできなかった。

校門が閉まる曲が流れ始めるころ、僕らは職員室に行って先生に事情を話した。保健室で寛太の背中を見た先生たちは真っ青になって、あちこち電話をかけ始めた。

「橋本くんは、まだ先生とお話があるの。だから、仁科くんは先に帰ってね」

先生にそう言われた僕が保健室を出ようとした時、「潤」と寛太に呼び止められた。

「潤、ありがとう」そう笑いかけた寛太の眼に、また涙がたまっていくのが見えた。ホッとして泣いてるんだって思ったから、「いいよ、お礼なんか」って首を振ったら、寛太が今度は声を出さずに口を動かしたんだ。

聞き返そうと立ち止った僕を、先生がそっと保健室から押し出した。いいや、と僕は思った。あの時、何て言ったのって明日聞けばいいや。そう思った。

とにかく、これで寛太はもう熱いお湯をかけられることも、痛い思いをすることもない。我慢しなくてもいい。よかった。僕は寛太を助けられたっていい気になっていた。

寛太が別れ際に僕に向かって言おうとした言葉が「バイバイ」だったことに気付いたのは、次の日、寛太がもう学校に来ないって先生から聞いた時だった——。

「どうして」満理奈が呻《うめ》いた。「どうして、学校に来れなくなったんですか。寛太くんは悪くないのに。悪いのはお父さんなのに……」

「寛太が虐待されている子を保護する施設に預けられたからだよ。遠い場所だったから、学校も替わった」

満理奈が膝の上でギュッと手を握りしめた。

「虐待のことを言ったらどうなるか、寛太はわかっていたんだよ。両親から離されることも、学校を替わらなきゃいけないことも、両親の仲がおかしくなるってことも全部わかっていた」

「やっぱり、そうなるんだ……」満理奈の顔に広がった失望の色を見ながら、潤は続けた。


いいことをしたって浮かれていた僕は、すごく後悔した。寛太から無理やり虐待のことを聞きだすんじゃなかった、寛太を先生のところへ連れていくんじゃなかった。虐待のことに気づかないフリをしていれば、寛太が望んだように、そのままでいられたのにってね。

この悩みは誰にも相談できなかった。先生から、寛太の家のことを話しちゃいけないって言われていたからじゃなく、いろんなことを話せたのは親友の寛太だけだったから。

なのに、自分のせいで親友をこの町から出て行かせてしまった。大好きなお母さんと離れ離れにさせてしまった。あんなことをするんじゃなかったってすごく後悔した。いいことをしたって浮かれていた自分を殴りたいぐらい、苦しかった。おばさんにも謝りたかったけど、家まで行く勇気はなかった。

寛太がいなくなって一週間ほどして、おばさんがうちへ来たんだ。謝らなきゃって思っていたくせに、寛太がいなくなったのはアンタのせいだって責められると思ったら怖くなった。会いたくない、いないって言ってって頼んだけど、母さんは嫌がる僕を玄関まで引きずって行った。ものすごい力だったな。きっと、母さんも必死だったんだよ。僕は寛太がいなくなってからずっと落ち込んでた。僕が立ち直るのは、いましかないって思ったんだと思う。

会った瞬間、おばさんは僕に向かって深々と頭を下げた。そして、ビックリしてる僕に言ったんだ、ありがとうって。おばさんは、緊張で冷たくなっていた僕の手を温かく包み込みながら、何度も何度もお礼を言った。

寛太から話を聞き出してくれてありがとう。あの子を助けてくれてありがとう。あの子を先生のところへ連れて行ってくれてありがとう――。

「本当は私が気付かなきゃいけなかったのに……ごめんね」

おばさんの目からあふれる涙を見て、僕は急いで首を振った。寛太が必死で隠し通そうとしたから、気付かなくて当たり前なんだ。寛太はおばさんの幸せを守ろうとしていたのに、それを僕がめちゃくちゃにしてしまった――。

「僕のほうこそ、ごめんなさい」ようやく伝えると、おばさんは僕を抱きしめてくれた。

「謝らなくていいのよ。本当にありがとう、潤くん。心配かけてごめんね、もう二度と寛太にあんな思いはさせないからね。離婚したら真っ先に迎えに行って、今度こそ寛太を幸せにするからね」

よかったって思った。本当にもう大丈夫なんだ。寛太はもう我慢しなくていい。お母さんや僕らや先生に嘘をついたりしなくていい。あんなふうに声を出さずに泣かなくていい。

そう思った瞬間、涙が出た。ホッとしたんだ。先生のところへ行った時よりもホッとして、僕はわぁわぁ泣いた――。

「――寛太くんはどうなったんですか？」満理奈が小さな声で尋ねてきた。

「中学一年の時にこの町に戻ってきたよ。離婚したお母さんと、また一緒に暮らせるようになって、僕とまた同じクラスになった」

この町に戻ってきた日、おばさんと一緒に潤の家を訪ねてきた寛太はかなり照れながら、でも笑顔で「ただいま、潤」と言った。

そう言えば、と潤は思い出す。先月、「来年パパになるんだ」と報告してくれた日もあの時と同じ、くすぐったそうな笑顔だった。

「僕らはいまでも親友だよ。何でも相談し合える、大事な親友だ。だからきっと、満理奈ちゃんたちも大丈夫だと思う」

彼女はもう、「学校の宿題です」とは言い返さなかった。その代わり、立ち上がって「もう帰らなきゃ」と呟いた。

いつのまにか雨はやんでいた。

幼稚園の外まで送っていくと、満理奈はピョコンとお辞儀をして歩き始めた。

背中を押してあげられただろうか。彼女を見送りながら思う。

よその家のことに口を出していいのかわからない。大人に助けを求めていいのかもわからない。そんなことをしたら、どんなことになるのかわからない。でも、友だちが苦しんでいるのはほっとけない。あの時の自分と同じように揺れている、彼女の役に立っただろうか――。

彼女がクルリと振り返った。「潤先生！」

そして、ホットラインのフリーダイヤルをソラで言ってみせた。「合ってますか？」

潤が両手で大きくマルを描くと、彼女は初めて笑顔を浮かべ、ランドセルを揺らして駆けて行った。

社会の宝

夫の曾祖父が亡くなった。百十歳だったようだ。電話の向こうで義母《はは》は、清々《すがすが》しいほどの口調で「大往生、大往生」と言った。

福岡に出張中の夫に連絡すると、「ひいじいさんなんて、小さいころに数えるくらいしか会ったことないけど……、行かないわけにはいかないよな」と言う。

「私も?」

「うん」

「だよね……」

不謹慎ながら、ズンと気が重くなった。

葬儀が行われるのは熊本。夫は福岡から直接向かうという。つまり、私は喪服やら着替えやらの大荷物を持って、この千葉の家から熊本へ移動しなければならないということだ。

一度泣き出したら止まらない一歳の娘・香奈《かな》と、腕白《わんぱく》などという微笑ましい言葉では到底おさまりきらない、パワーをもてあましている四歳の息子・陽太《ようた》を連れて。

——こどもはかわいい。本当にかわいい。

けれど、どうにもこうにも泣きやんでくれないこともある。延々と駄々をこねられることもある。思わぬアクシデントやハプニングを起こしてくれることも、日常茶飯事だ。こどもが二人になり、その回数が二倍ではなく二乗になった。

それでも、家の中ならまだいい。たとえば、動物園で陽太が三度も迷子になり、そのたびに園内放送で呼び出されたとき。バスの中で三十分間、香奈が大声で泣き続けて、しまいには周りのこどもも次々泣き出したとき。魚屋さんで陽太が、鰻の泳ぐたらいをひっくり返して、店中大騒ぎになったとき……。

外出先で見知らぬ人たちの視線を浴び、迷惑をかけることになると、とても焦る。恥ずかしく思う。申し訳ないと思う。私のほうが泣きたい気持ちになる。「一体、どういう躾《しつけ》をしてるのかしら」、そういう声が聞こえてくると、自分は母親失格だと思えてくる……。

そうしたことを何度も何度も積み重ねて、いつしか私は、外に出ることが憂鬱になってしまった。

買い物は基本的にインターネットで注文し、宅配してもらう。出かけるにしてもできる限り人が少ない時間、人が少ない場所を選び、必要最低限のことを済ませて帰ってくる。陽太が外で遊びたいとぐずることもあるが、テレビやＤＶＤを見せたり、ゲームを買い与えたりしてごまかしていた。

社会性。協調性。そういったものを教えなければならない。外に出なければわからないことも、知りえないこともたくさんある。私のとっている行動は、決してこどもたちのためにならない——。

そう、頭ではわかっている。いやというほど、わかっている。

それでも改められないほどに、私は疲れていた。夫は出張が多く、月の半分は留守。夫の転勤で二ヶ月前に引っ越してきたこの町には、頼れる親戚も、わかり合える友人もいない。私は心身ともに一人で、子育てをしなければならなかったから。

そんな中での、今回の熊本への移動だ。熊本が、南極よりも遠く感じる。

せめて陽太がもう少し、お兄ちゃんらしくなってくれればいいのだけれど——。

「おっそーしき、イェイ！　おっそーしき、イェイ！」

最寄り駅へ向かう道すがら、陽太は自作の歌を大声で歌い始めた。

故人に会ったこともなければ、死というものも理解していない。突然決まったおでかけに、はしゃぐなというほうが無理な話だ。とはいっても、道行く人の非難の視線や苦笑がつらい。

けれど今はそれ以上に、重い荷物と重い香奈、そして私自身の寝不足がつらかった。昨夜いつも以上に夜泣きのひどかった香奈は、今朝もすこぶる機嫌が悪く、頑なにベビーカーを拒絶。私はやむなく、香奈を抱っこ紐で胸に抱えている。

少し前まで寝不足くらい平気だったのに、三十を越えた途端、ガクンと体力が落ちた。ぼんやりとかすむ頭に、けだるい身体。その両肩にズシリとのしかかる、愛しの娘の重み。香奈、また体重が増えたんじゃないだろうか。我が子が元気にすくすく育っているのは、とてもありがたいことだ。ベビーカーに乗ってくれれば、もっとありがたいのだけれど……。

「坊や、お葬式に行くのかい？」

信号待ちをしていると、後ろから初老の男性に声をかけられた。

白髪頭に、アーガイル柄のセーターとスラックス。茶色のダックスフントを連れた、見るからに品のいい男性だ。

「うん！　くまともで、じーちゃんのじーちゃんのおそーしき！」

香奈とは正反対に人見知りなど無縁の陽太が、まるで遊園地にでも行くかのように、元気に答えて恥ずかしくなる。ああ、躾が悪いと思われているだろうな……。

「熊本か、ずいぶん遠くまで行くなァ」

男性は陽太の頭を撫でると、「駅まででですか。同じ方向なので、よろしければお持ちしますよ」と、私の荷物を指さした。

「そんな、とんでもない！」

「いえいえ、ついでですから。私、こう見えてジムで鍛えてましてね。女性より力はあるんですよ」

信号が青に変わると、男性は私が必死に抱えていた荷物をひょいと取り上げた。肩がふっと軽くなる。

「すみません……」

「謝ることはないですよ。ここから常磐線で上野、京浜東北線で浜松町、モノレールで羽田ですか」

「はい」

「さらに飛行機。長い旅だ。人に甘えられるときは、甘えていいんですよ。こどもは社会の宝なんですから」

「……」

こどもは社会の宝――。

荷物を持ってもらった上に、そんなことまで言ってもらえて、ありがたかった。自分たちは、社会のお荷物のような気がしていたから。引け目のようなものを、常に感じていたから。

でも、と思う。人に甘えるのは、実際にはとても難しい。母親の自分でさえつらいと思うこと、煩わしいと思うことは、他人であればなおさらだろう。にもかかわらず「手を貸してください」とは、なかなか声に出して言えないものだ……。

まだ三分咲きの桜の道を抜けて駅に着き、男性に「どうもありがとうございました」と頭を下げた。「おじちゃん、またね！」と言う陽太に、男性は「うん、またね」と手を振ってくれた。

香奈はいつの間にか、すうすう寝息をたてて眠っていた。このまましばらく眠ってくれるといいのだけれど。大きな荷物を抱え直してエレベーターに乗り、改札階へ向かう。

「え……」

ガラス張りのエレベーターから、ダックスフントを連れた男性の後ろ姿が見えた。今来たばかりの桜の道を、まっすぐ引き返していく。

「――……」

「同じ方向なので」「ついでですから」――あの言葉は嘘だったのだろう。小さなこどもを二人連れた上、大きな荷物を抱えている私を見かねて、声をかけてくれたのだろう。

男性の思いやりと心遣いがじんわりと沁みた。ありがとうございました。熊本まで、頑張ります。小さくなっていく男性の背中に、私はもう一度深く頭を下げた。

ホームに下りると、タイミングよく常磐線の電車が入ってきた。小さな幸運に、今日はついてるかも、と思いながら先頭車両に乗りこむ。

「え……」

朝のラッシュ時間は過ぎているのに、車内の座席はすべて埋まっていた。

そしてよく見ると、その車両にいるほとんどが、チェックのブレザーの制服を着た高校生だった。女子はばっちりメイクに超ミニスカート、男子は金髪や茶髪に腰穿きのズボン。どう贔屓《ひい》目《きめ》に見ても真面目そうとはいいがたい子たちが、まるで原宿の街中のように騒がしくおしゃべりしている。

何かの学校行事だろうか。変な車両に乗っちゃったな。次の駅で、他の車両に移ろうかな。

そう思っていると、

「——……?」

波が引いていくように、騒がしかった車内が静かになった。

「あ……」

私の前に座っている女の子が、右手で唇にシーッのポーズ、左手で私の胸の香奈を指さして、周りの子たちに「静かにしよう」と合図を送っていた。

赤い髪をポニーテールに結び、グロスの輝く唇に銀のピアスをつけた女の子が。

「おばさん、ここ座んなよ」小声で言って彼女が立ち上がる。

「いえ、あの、結構です。その、大丈夫ですから」

「いいって。アタシ若いから」

「えっ……、じゃあ、陽太を……」

と振り返ると、陽太はおとなしくガラス越しの運転席を眺めていた。緑色の髪をハリネズミのように立てた、Ｋ１選手のように大柄な男の子に抱き上げられて。

「ひいぃっ」あまりにびっくりして、おかしな声が出てしまった。

「ひいぃって。超ウケるー。大丈夫、あれ、アタシのカレシ。コワモテだけど、超こども好き」

彼女は唇のピアスを揺らして笑いながら、私を座席に座らせた。そしてそうっと、香奈の寝顔をのぞきこんだ。

「わー、天使みたーい……」

「……」

「ウチラも早く、赤ちゃんほしいなぁ」

「……」

アタシではなくウチラと言う彼女が、なんだかとても大人びて見えた。男の子のほうも、決して軽くないであろう十六キロの陽太を、若い父親のようにしっかりと抱えてくれている。

車内はずっと、優しい静けさに包まれていた。

上野で京浜東北線に乗り換え、香奈がおとなしく眠ってくれているまま、電車は浜松町に着いた。驚くほど順調で嬉しくなる。

けれど、気を緩めちゃいけない。ドアが開き、陽太に「気をつけて降りてね」と声をかけた。

その私が、トンと躓いた。前に香奈を抱っこしているため視界が悪く、電車とホームの段差を見誤ったのだ。

そう、私は香奈を抱っこしている！　このまま転んでしまったら――……、

「危ない！！！！」

という声が、方々から重なった。

「――……」

気がつくと私は、五人の見知らぬ人に、前から後ろから支えられていた。

ビジネスバッグを抱えた男性。それぞれボストンバッグを持った、二人組の若い女性。リュックを背負ったオタクっぽい男の子。伊勢丹の紙袋を持った、恰幅のいい中年女性。

その人たちの手が力強く、温かく、私を支えてくれていたのだ。

「あ……」

車内から、ホームから、どこからともなく安堵の息が漏れた。「ああ、よかった！」という声も聞こえてきた。

「す、すみません……！　どうもありがとうござ……」

私がお礼を言い終えないうちに、目覚めた香奈が泣き出した。火がついたように、激しく。

東京モノレールに乗り、あの手この手であやそうとしても、香奈は泣きやんでくれなかった。ドアの脇に立ってスマートフォンを操作していたビジネスマンが、チラリとこっちを見た。小さく舌打ちされた気がした。

「ああ、もう。お願いだから泣きやんでよ……」思わず声に苛立ちが滲《にじ》んだ。

怒り。憎しみ。そういった感情の欠片《かけら》を自覚して、ゾッとした。打ち消すように頭を振った。こどもに手をあげたことなどない。けれど、毎日のようにテレビや新聞で報道される幼児虐待のニュースは――、正直、他人事とは思えない。虐待されたこどもを思って心を痛めながら、そこに至った母親にも思いを馳せてしまうのだ……。

ギャアアア、と香奈がひときわ大きな泣き声をあげた。

と、前方で背を向けて座っていた、とても大柄な女性がくるりと振り向き、つかつかと歩いてきた。

「え……」

その人は……、女性ではなかった。

フルメイクで、長い栗色の髪を綺麗に巻いていて、赤い花柄のワンピースを着ている。けれど鼻の下と頬から顎にかけて、明らかに青い。男性のひげの剃りあとなのだ。

彼は私の前に立ち、じっと香奈を見下ろした。香奈はびっくりしているのか、よほど怖いのか、声をあげて泣くこともできず、エッ、エッ、としゃくりあげて彼を見ている。

——香奈を守らなければ！

何をされたわけでもないのに、咄嗟《とっさ》にそう思った。私は香奈を強く抱いて立ち上がり、「すみません、うるさかったですよね」と頭を下げた。

すると彼は、金銀の指輪と赤いネイルで飾った十本の指でバッと自分の顔を覆い、

「いないいない、バアァ！」

と、香奈に向かっていないいないいないばあをした。

ひょっとこのような、変顔で——。

「……」

「いないいないいない、バアアァ！　バアアァ！」

彼はそうして何度も、香奈に向かって変顔をしてみせた。横で陽太がキャッキャッと笑う。

香奈は泣くこともしゃくりあげることもやめて、ぽかんと彼を見ている。

「ほーら、泣きやんだァ。ワタシ、割とこどもに好かれるのヨ」彼は香奈のほっぺたにぺたぺた触れた。

「……」

「赤ちゃんは、泣くのが仕事だけどネ。大人もこどもも、仕事しすぎると疲れちゃうからネ」

「アナタもよぅ、お母さん」

「え？」

「眉間《みけん》にすごーい、シワ寄ってる」彼は、今度は私の眉の間にチョンと触れた。

「そーんな怖い顔してちゃ、赤ちゃんだって泣きやめないワ」

「……」

「ママもママ業、大変だと思うケド。見ての通り、ワタシは産みたくても産めないからサ。ワタシの分も頑張って！　ファイト、ファイト！」

「……」

「で、お兄ちゃんは」そう言って、彼は陽太の両肩をがっしとつかんだ。

「妹が泣いてたり、ママが困ってたりしたら、助けてあげなきゃダメ。男の子は強く優しく、女の子を守ってあげるものヨ」

「……」

思わずくすっと、笑みがこぼれてしまった。

女性の格好をした彼が、男とはこうあるべき、というようなことを言うのが可笑《おか》しかったのだ。失礼に気づいて、口に手をあてる。けれど彼はすべてお見通しのようで、にっこり笑って「ウフン、いいのよ！　笑う門には福来《きた》る！　スマイル、スマイル！」と言ってくれた。

確かにほんの少し笑っただけで、緊張がほぐれたような気がする。前にこんなふうに、何かが可笑しくて笑ったのはいつだっただろう。思い出せないくらい、久しぶりのことだ。

「……」

私は抱っこ紐を解き、彼に香奈を差し出した。

「抱いてやってください」

「え？　いいの？」

「はい。ぜひ」

常磐線で会った赤い髪の女の子。緑の髪の男の子。あの車両に居合わせた、派手な身なりの高校生たち。彼らに対しても、そして今目の前にいる彼に対しても、私は無意識に偏見を持っていた。こどもなど好きではないだろうと。私たちなど迷惑だろうと。

私はそうして、自分で勝手に壁を作っていたのかもしれない。人に甘えることも、人を信じることもせず、陽太と香奈を巻きこんで、小さな世界に閉じこもっていた。笑うことさえ忘れて——。

彼は広い胸に、おそるおそる香奈を抱いた。人見知りの激しい香奈が、おとなしく抱かれている。

「かーわいー……」

とろけるような目で香奈に微笑む彼女は、母親のようだった。

羽田空港に着いて搭乗手続きを済ませると、旅の半分を終えたような気持ちになった。

そう、ほんの少し気持ちが緩んだときだった。「キャアァァ！」と女性の悲鳴が聞こえて、ハッとした。

——陽太がいない！

声の方向を振り返ると、陽太と若い女性が尻もちをついていた。その周りには女性のバッグの中身が散乱している。女性はショートカットに細い銀縁メガネ、光沢のあるグレーのパンツスーツを着て、黒のピンヒールを履いている。仕事のできそうな、キャリアウーマン風の女性だ。

「あ……！」

よく見ると、女性の靴のヒールがぽきりと折れて、私の足元まで転がってきていた。

「あの、あの、うちの子が何か……！」

折れたヒールを持って駆け寄ると、女性はそれをもぎ取るようにとり、キッと私を睨んだ。

「その子がいきなり、ぶつかってきたのよ！」

「えっ……」

陽太を見ると、バツの悪そうな顔をしている。空港など滅多に来ないから、はしゃいで駆け出してしまったのだろう。

「すみません！　あの、その靴、弁償させていただきますので……！」

「結構です！」

女性は床に散らばった携帯電話や化粧ポーチをさらうようにバッグに入れて立ち上がった。

「結構ですから、自分のこどもくらいちゃんと躾してください！　謝ればいいとか、こどもだから許されるとか考えないで！　知りもしないこどもに、迷惑かけられるほうの身にもなってよ！」

「――……」

ヒールの折れた靴でバランスを保ちながら、女性は足早に去っていく。

その後ろ姿を見送りながら、がくん、と足の力が抜け、私はその場に膝をついた。長いあいだ必死に繋いできた細い糸が、プツンと切れたようだった。

ぽたぽた。ぽたぽた。胸に抱いた香奈の頬に、私の涙が落ちる。

今日、ここまでの道のりで、たくさんの親切に出会った。人情に触れた。もう少し人を信じても、人に甘えてもいいのかもしれない、と思えた。

けれど世の中には、こどもが嫌いな人も、育児の行き届かない母親を快く思わない人も、たくさんいる。

私だって独身のころ、公の場で泣きわめくこどもに顔をしかめたこともあった。他の女性社員の出産や育児によって、自分のほうへ仕事のしわ寄せがくることに不満を抱いたことだってあった。

あの女性も、そういったことを積み重ねてのことかもしれない。悪意はないのだ。悪いのは、ちゃんとこどもを見ていなかった私なのだ。

わかっているのに、泣いている場合じゃないのに、涙が止まらなかった。私の異変を感じて、香奈もワアァと泣き出す。陽太も、自分のせいだと思ってワアァと泣き出す。親子三人、空港のロビーで泣くなんて、また迷惑をかけてしまっている。そう思うと、ますます涙が止まらなくなった。

「あの、お客様」

と、空港の係員らしい、首にスカーフを巻いた女性に声をかけられた。胸に「加藤」という名札をつけている。五十代だろうか、目のあたりが少しだけ母と似ている。

どうやら一部始終を見られていたようだ。すみません、ご迷惑をおかけして。そう言いたいのに、次から次へと涙が溢れて、言葉にならない。息が苦しい。

と、ふっと呼吸が楽になった。

「大丈夫よ。大丈夫。大丈夫」

「……」

加藤さんが、私の背中を優しくさすってくれていた。

「あなたも、私も、母親はみんな同じ。人を頼って、人に助けられて、時々失敗もして、迷惑もかけて、こどもを育てるの。そういうものなの。それでいいの」

「……」

「あなた、一人じゃないのよ。絶対に」

「……」

加藤さんは私が泣きやむまで、背中をさすってくれた。小さいながらも、指の節がしっかりした手で。

子育てをした、母親の手で。

香奈は泣き疲れたのだろう、機内に案内されて席に着いた途端、私の胸でぐうぐう眠り始めた。陽太は窓際の席に座り、泣き腫らした目で外を眺めている。

私は香奈のすこやかな寝顔を見つめた。私とよく似た薄い眉。夫譲りの富士額。涙の乾いた頬に触れる。今日はたくさん泣いたね。お仕事しすぎちゃったね。

「ママ」と、陽太が私に向き直って言った。

「ん？」

「さっきはごめんなさい……」

「……」

「むこうのほうで、キティちゃんのおもちゃ、配ってたんだ。香奈ちゃん、キティちゃん好きだから、あれがあれば、くまともまで泣かないかなって思って……。僕は男の子だから、香奈ちゃんと、ママを……」

「――……」

再び泣きそうになって声を震わせる、陽太の頭を抱き寄せた。私とよく似た柔らかい髪。夫譲りの二つのつむじ。

我が子をたまらなく、いとおしく思う気持ちが湧き上がってくる。

思えば夫の曾祖父がいて、祖父がいて、父がいて、夫がいたから、この子たちがいるのだ。こどもを連れて熊本まで出向くことを、少しでも憂鬱に思った自分を反省する。この子たちを、かけがえのない宝物を授けてくれたことを感謝する。

宝物——。

今朝、ダックスフントを連れた男性は言った。こどもは社会の宝だと。

けれど私は、人を思いやる心も、人を助ける力も、言葉も、手のひら一つでさえもまた、社会の宝だと思う。

私は今日、それらに何度も助けられた。救われた。そのおかげで、ここまで辿りつくことができた。

そしていつか必ず、自分も恩返しをしたいと思えた。子育てを経験したからこそわかることが、できることがきっとある。空港係員の加藤さんのように。

でもまずはこの子たちを、自分なりに精一杯育てよう。もちろん、無理をせずに。

私は、一人じゃないのだから——。

飛行機がゆっくりと滑走路を進み、やがてごうごうと音をたてて加速し始めた。と、強い震動に香奈がぱちりと目を開けた。

——泣かないで！

そう思った瞬間、陽太が香奈に向かって、

「いないいない、バアァ！」

と、覚えたての、ひょっとこのような変顔をしてみせた。

「──……」

「いないいないいないいない、バアアァ！　バアアァ！」

次々に変顔を繰り広げる陽太を──お兄ちゃんを、香奈は泣かずに見つめていた。私は無性に嬉しくなって、二人を抱きしめた。

飛行機は熊本へ向けて飛び立ち始めた。

101回目のお説教

「あー、こちら営業のイイダ部長……」

内定をもらったばかりの会社の見慣れないオフィスできょろきょろしていたら、ひょろっと背の高い総務部の人に、そう紹介された。

「……あ、どうも……」

いきなりのことで、ちょっと反応が遅れてもごもごしてしまった。だって、初めてのところだし、エライ人なのかわからなかったし、わたしは見た目で誤解されるけど、けっこう人見知りなのだ。そのとたん、目の前に座っていた、メガネ姿の小さいオジサンが顔を上げた。

「ノザキくん、だっけ？　……アイサツっ！　きちんとアイサツくらいできないのか！」

うなるみたいに低い怒鳴り声がとび、首のスカーフがびりびりふるえた。

え？　なに、なに、なに……？　びくっと体が固まって、頭の中は真っ白。目をぱちくりさせながら周りを見たら、「あーあー」と小声で総務部の人がつぶやいた。

それが、イイダ部長との最悪の出会いだった。

二十四歳の春。もう入学式も桜の花もとっくに終わって、ぴかぴかの制服やスーツ姿が街のあちこちで目につくころ。会社がいきなり倒産した。大学を卒業してすぐに入った編集プロダクションで、雑誌のページを作ったりパンフレットや小冊子を作る、ほんの十人ほどの会社だった。大学時代からアルバイトをしていた所で、顔見知りの人たちばっかりだし、スムーズに会社にも仕事にもなじんだ。もともとユルい感じの会社だったから、うるさいことも言われず、仕事もすぐに任せてもらっていた。大学のサークルの延長みたいな感じで。そんな会社だったからかもしれない。薄もやがかかったような春の空の下に、わたしはいきなりほうり出されてしまった。

静岡の実家からは「こっちに戻ってきて仕事探せばいいじゃない。こっちで結婚してこっちで暮らせば?」と言われた。けど、それも悔しい。それでつい、「大丈夫よー、東京で仕事見つけて、ちゃーんとやっていけるから」と見栄をはってしまった。

それから二ヶ月が過ぎ、編集プロダクションの先輩から小さな出版社を紹介してもらってどうにか内定が出た。来月からアパートの支払いをどうしようと深刻に悩んでいたところだったので、全力で「ありがとうございますっ!」と通知の電話に最敬礼したくらいだ。

職種は営業に決まった。前のキャリアを生かしたかったから編集を希望していたのだけれど、「若いウチに営業の経験も積んでおいたほうがいいぞ」と説得されて。でも、入社後にこっそり聞いた話では、物おじしない性格と、ハキハキした態度が外回り向きだって営業部のエライ人が推したらしい。

入社の前日、就業規則の説明や保険なんかの手続きのために訪ねたら「明日、きちんと挨拶してもらうけど、ちょっと社内を回っておこうか」と総務の人に言われた。そこでいきなりイイダ部長のお説教をくらったのだ。

イイダ部長は、背が高いわたしよりも五センチくらい低くて、いつも眉をしかめているような人。マンガに出てくる「ガンコな職人」って感じのキャラ。昔の芸能人がしているような、黒縁の大きなメガネをしていて、頭は半分白髪でいつもてかてか光る整髪料をべったり。口数は少なくて、ガラガラのしゃがれた声を聞くときはいつもお説教だ。他の部の人からもちょっと敬遠されてる感じに見えた。

正直、うっさいオジサンだなぁ、って思った。明日きちんと紹介されたら挨拶すればいいんだし、「顔見せだけ」っていうから、軽い感じでと思ったのに……。

それから五年間、わたしはイイダ部長の部下だった。その間、一生分以上のお説教をされた。あんまりにお説教をされるから話のネタに回数を数え始めて、ちょうど先月にされたので一〇〇回ぴったり。でも、それももう終わり。今日、イイダ部長は会社を辞める。奥さんの田舎に行って家業を継ぐことになっているそうだ。つい二週間前に、そう教えてくれた。

「おおい、ノザキぃ、イイダさんを駅までお見送りしてこい」

イイダ部長の送別会の席、三年先輩の元木《もとき》さんがろれつの回らない声でそう言った。送別会の音頭を取って話を振ったり、司会をしたりしていた元木さんは、目がすわっていて、頬がカシスオレンジみたいに赤くなっている。

やばいなあ……。年末の忘年会で元木さんのからみ酒は知っているので、わたしは素直に立ち上がり、きょとんとすわっているイイダ部長に声をかけた。

「イイダ部長、行きましょう。お見送りさせて下さい」

笑顔で話しかけると、イイダ部長はわたしの顔を見て「うん」と小さくうなずいた。

もう時計は十時近い。すでに会は「お開き」になっていて、テーブルの隅で店員さんが空のビール瓶をお盆にのせている。まだ座って話し込んでいる人もいるけれど、それぞれコートやカバンを手に帰り支度をはじめているところだった。

窓を眺めると外は雨。年末まであと少しのこの時期、ネオンに輝く夜の雨は凍るほど冷たそう。雨を避けるように繁華街の通りも人がまばら。お店に傘を二本借りて、イイダ部長の半歩先を歩き、軒先を出るところで開いた傘を手渡した。

「……ありがとう」

傘を受け取りイイダ部長はお辞儀をしながらお礼を言う。どういたしまして、と軽く返しながら駅までの道を頭の中で確認する。次にどうする？　何をしておくとスムーズに進む？　こういう段取りや次の行動を読むことは、イイダ部長にしこまれたことだった。

「なにやってんだ。すみませんじゃ、すまないよ」

入社から半年たったころ、何回目かわからないお説教を食らった。けれど、いつもの諭《さと》すような口調と違っていて、はっきりと怒りが感じられた。きゅーっと心臓が縮みあがる。

その日、イイダ部長に営業先の店員さんを紹介してもらう約束をしておきながら、わたしは思いっきり遅刻をした。ゼエゼエいいながら待ち合わせ場所に着いたのは……三十分過ぎ。

わたしが悪い。それはわかっている。

でも、朝から「今日の資料作っておけ」とムチャな指示を出したのもイイダ部長だし、「どうせ行くなら、先に一件訪問してから来い」と言ったのもイイダ部長。それに電車が遅れて、道を間違えたのは、運が悪かっただけ。ワザとじゃない。

アポを取っていた店員さんは先に帰ってしまっていた。怒らせたからか、あきれられたからかはわからないけど。

「時間ピッタリに行けばいいとか、時間に間に合いさえすればいい、って思っていただろう。そうじゃない。間に合うか間に合わないかは結果。結果だけ出せばなんでもいい、そう考えるから失敗する。それまでの過程をきちんと考えなきゃダメだ」

「……でも」

わたしの悪いクセ。つい、なんに対しても「でも」と言いたくなる。

昔から優等生気質《かたぎ》で、お勉強もよくできて、大学もそれなりの所に行っていたし、前の職場では何本も一人で仕事を抱えていたし……。絶対にとまでは言わないけれど、わたしの考えややることは正しい、と思ってた。でも、イイダ部長には通じなかった。

「アポに間に合うために、何をしておけばいい？　何時にどこにいて、何時までに何を済ませて、何時までにどこの駅に着いておくか。先に先に見越して考えておくんだ」

「……はあ」

「相手の時間を無駄にして、こんな失礼な話はないんだぞ」

そう言って、イイダ部長はさっさと歩き出した。灰色のコートの背中がわたしを置いて人ごみに消えていく。

……いちいちそんな面倒なこと考えてらんないって。間に合えばいいじゃん。運が悪かったんだって、それに元はといえばアンタのせいじゃん。

そう言いたくなるのをグッと押さえた。どうせ言っても聞いてくれないし、倍くらいのお説教が返ってくるだけだ。だから、グングン進んで行く灰色の背中を黙って追いかけた。

次の日、昼ご飯が一緒になった元木さんにその話をした。

チーズ・チリ・バーガーを食べながら、元木さんはもごもご言った。

「バッカだなー。あの書店さんを怒らせたら、ウチの売り上げ二割は落ちるぞー。始末書モンだぞりゃ」

「え、ホントですか」

って、冗談めかして聞き返したけど、イヤな感じの冷や汗がジトッと背中を流れる。いまさらながら、大変なミスをしでかしたんだと、心の底から思い知った。でも、わたしの遅刻は大事にはならず、もう一回、イイダ部長にお説教をされただけで始末書を書くことはなかった。

その理由は、後でなんとなくわかった。


雨足は強くなって、パンプスに泥が跳ね返る。春物の薄いコートの肩はすでにぐっしょり。冷えてきたのでコートのボタンを閉じようとして、右手の花束が濡れていることに気がついた。

あ……。今日の会の始めに、わたしがイイダ部長に手渡したものだ。ポケットにビニール袋が入れっぱなしになっていたのでそれを使って花束を丁寧に覆う。これで濡れないはず。

「……そんなことしなくてもいいのに」と、イイダ部長が困ったような声で言う。濡れても大丈夫だろうし、そんなに高いものじゃないのは、買ってきたわたしが一番よくわかっている。でもだからって、濡れっぱなしになんかできない。

意味がなくても、きちんとやるべきことがある。

そんな仕事の基本を教えてくれたのも、隣ですまなそうに背中を縮めて歩く人だ。


入社して三ヶ月が過ぎると会社の雰囲気や仕事の流れ、人間関係がつかめてくる。すると、あれやこれやと雑用が増えた。お茶くみも電話番もコピー取りもおつかいも、ぜーんぶ新人のわたしの仕事。楽しいことじゃないし、ただ面倒なばかりで勉強にもキャリアにもなりやしない。けれど外面だけはいいタイプのわたしは、ときおり笑顔を見せながらそんな雑用をしていた。内心ではもうウンザリ。ため息と悪口と文句とグチで頭のなかはパンパン。

そんなある日、イイダ部長からわたしが取った会議資料のコピーの束を突っ返された。営業編集合同会議の三十人分。狭い机がすっかり埋まるくらいの量。

「ダメ、やり直し。こんな雑な書類があるか」

「……はぁ？　でも、読めますよ」

「読めればいい、ってもんじゃないだろう。読む人がどう思うか考えろ」

もう、何を言っているんだか。いつも「コストを考えろ」「時間はお金と一緒だ」とか言うくせに、会議の二十分前に言い出すなって。笑顔を作ろうとしてもさすがに顔がこわばる。

「もう時間もないですし……」

「やり直し」

「コストもかかります」

「ダメだ」

「でも……」

食い下がるわたしに、イイダ部長は資料を一枚取り出して、コピーがずれている箇所をつきつけた。

「これを作るのに、どれだけ手間がかかって、この数字をとるのに何人が動いたと思っている？　この資料は単なる文字と数字の羅列じゃない。営業部の一ヶ月だ」

でもそれは……。と言おうとして、言葉が詰まった。

「それを、編集部の全員に聞いてほしい、理解してほしい、そうやってお願いしているんだ。こんな雑なコピーで俺たちの想いが伝わるか？」

大げさなのよ。どうせ一度目を通したらみんな捨てちゃうものなのに。そう言いたくなったけれど、もう一分一秒だって時間をかけたくない。ろくに返事もせずに立ち上がると、今度はイヤミなくらい丁寧にコピーをとった。一枚ずつ、角を揃えてテストプリントをやって……。おかげで、イイダ部長からは文句もでなかった。会議には遅れたけれど。ふん、だ。

その数日後、編集部の同い年の女の子、依田《よだ》さんがわたしの机にやってきた。

「先週の合同会議で、営業部のコピーをつくったのノザキさんだったんでしょ？」

「……うん」

「ごめんね」

小さくてリスみたいな依田さんが、突然、ぴょこんと頭を下げた。

目をぱちくりさせてしまった。

「あたし、会議でこの資料を読まずに放っておいたのね。そうしたら、イイダ部長が……」

ああ、わたしまた何かしたんだろうか。またイイダ部長にお説教されるんだ。ウンザリしてため息を半分つきかけたら、また依田さんは頭を下げた。

「気持ちよく読んでほしい。そんな気持ちで一枚一枚、丁寧にコピーをとった人がいるんだ。その思いを踏みにじるようなことはするな、って言ったの」

そんなこと、どうして……。

「その場では、うるさいなーって思ったけど……。あとで見返したら、ピッタリ揃って、ステープラも読みやすく斜めに入れて、カスレもゴミもない。ホント、キレイだなって思ったのね。それで、気持ちを込めてコピーを取ってくれたのに、悪いことしたなって思ったの」

もう一度「ごめんね」と頭を下げた依田さんは、小さなチョコの包みをおいて行った。

机の隅の包みを見ながら、わたしはしばらくの間、ぼんやりとしていた。

雑用のひとつを叱られたからムキになってやっただけ。それなのに、感謝してくれたり、気持ちを読み取ってくれる人がいる。意味がないと思っていたことでも、ほんの少しだけ頑張ってみただけで……。

ふう、とため息をついたら息が白く煙った。今朝のニュースでは、遠く南の地方で桜が咲いたと聞いたのに。……こんな寒い日に、ホームでイイダ部長を待たせたくない。そう思って、駅の反対側にあるタクシー乗り場の方へ足をむけたら、イイダ部長が首をかしげた。

「そっちだっけ？　こっちの方が近いだろ」

「……タクシー乗り場に行こうと思って」

「ああ……」

と、うなずいたけれど、たぶんわかっていない。イイダ部長は実はかなりの方向オンチ。一緒に出かけるときには地図をきちんと確認して、ネットで調べていくのがわたしの習慣になった。おかげで東京の地理にも地下鉄の路線にも詳しくなったけど。

何より、どんなときでも迷子にならない方法を、ひょんなところから教えてもらった。

店頭に置いてもらうパネルを作っていたら、瞬間接着剤を机の上に落としてしまい、デスクマットをダメにしてしまったことがあった。新品の備品がないというので、昔、誰かが使っていた古いマットを都合してもらった。会社の備品なんか使えればいいっていうのがわたしのスタンスだけれど、マットの裏に張り付いた一枚のメモが、ちょっと目障りだった。

「迷ったら、迷わず原点へ」と青いマジックで書かれたメモ。長いことマットの裏に張り付いていたからかはがれない。無視してればいいか、と思ってそのまま使っていたんだけど、いつも読んでいたせいか、頭のなかにしっかり残ってしまった。

そのころ入社して七、八ヶ月、わたしは営業の外回りに出るようになっていた。書店さんを何件も回って、ウチの社の本を置いてくださいとお願いする。朝十時から、書店が終わる七時くらいまで首都圏じゅうの本屋さんを走り回った。

そんな毎日の中で、すっかり迷子になったことがある。

対応してくれる書店員さんにもいろいろな人がいて、ときおりいい加減な人もいた。営業にも、書店にもノルマはつきものだから、それをごまかすことを考える人も……。

その店員さんに会う前からわたしは焦っていた。言い渡されたノルマまで、残りの訪問件数を考えると厳しいことがわかっていたから。それでつい、自虐的《じぎゃくてき》なジョークのつもりで「ズドンと一〇〇冊置いてもらったら、ノルマ達成できるんですよー」と軽く言った。すると、「数字、キツイの?」と辺りをはばかるような目をして耳打ちしてきたのだ。

「書類上だけ入れた形にしておいてよ。すぐに返品するけど数字にはなるでしょ?」

今月、あと五十冊注文をとればいい。やればノルマが達成できる……。見せかけだけ納品し、注文を取れたことにして、月をまたいで返品すれば、今月のノルマを達成できて書店にも在庫は残らない。書店側も取引実績ができて、いい取引条件を引き出しやすくなる。けれど、数字上だけの話で実際の売り上げにはつながらない。チクチクと胃の辺りが痛くなる。

決められた数字が出せなければ、イイダ部長のお説教が待っている。それなら……。

わたしは迷った。本当に迷った。昼ご飯ものどを通らないくらい迷った。

「ああ、迷うなぁ……」

朝、営業に出て地下鉄の駅の階段を上っているとき、つい口をついて出たその言葉のあとに、毎日見ている言葉がすらすらと続いた。

「迷ったら……迷わず原点……」

ガンって頭をひっぱたかれた気がした。迷うことなんてないじゃん。営業の原点。数字をあげるのが営業じゃなくて、会社の利益を作るのが営業だって、イイダ部長がいつも言ってるんだから。

わたしは階段をダッシュで駆け上がり、書店に飛び込んで、話をもちかけてきた書店員さんに、「そういうゴマカシはお互い不利益です。今後もそういうことを続けるならば、こちらにも考えがあります」ときっぱり伝えて帰った。一瞬でも、バカなことを考えたことに落ち込んだ。そのうえ、月のノルマは達成できなくて、やっぱりイイダ部長にお説教された。

「ムダな営業や時間を使うな。仕事をしたつもり、になっていないか、キチンと自分の行動を毎日見直せ」とか言われて。

翌週、あの書店員さんが、不正な返品操作を理由に懲戒《ちょうかい》になったと、元木さんから聞いた。まったく、このデスクマットのおかげだ。わたしは密かに冷や汗を流した。それ以来、総務部から新品が届いたと聞かされたけれど、それを使い続けている。ガンコな上司の日報に、見慣れた文字を発見した後も、ずっと。


駅前に輪を描くターミナルの隅にタクシー乗り場があった。夕方から降り出した雨、ちょうど飲み会が終わる時間ということもあって、花壇にならぶ花みたいに色とりどりの傘を掲げてタクシー待ちの人が長い列を作っていた。

これは、まともに待っていたら、いつになるかなあ。どうしよう。

頭の中をフル回転させたところで、イイダ部長が肩をすくめながら言った。

「行こう。待っているよりも電車に乗った方が早いだろう」

「でも、お疲れでしょう?」

「大丈夫だよ。それに、キミも早く戻ってみんなと飲み直すんだろう?」

「いいえ……、きちんとお見送りさせてください」

わたしがしっかりした口調で言うと、イイダ部長は小さくため息をついて「じゃあ……行こうか」とタクシーの列から抜け出した。

ガンコで有名なイイダ部長。こうやってわたしの言うことを聞いてくれるようになったのは、ほんの数年前から。それまでは、何を言ってもどれだけ理屈をこねてもお説教が返ってきたんだけど。今では、それがちょっと懐かしい。


入社して三年が過ぎると、わたしにも部下というか後輩ができた。

「ノザキ、新人の指導をやってくれ」

と言われて、わたしのところにやってきたのは、やたらと体の大きな青年。

「オッス。大学で四年間、柔道をやっていました」という、オオスミくんだった。首がないように見えるくらい盛り上がった肩。アメフトのプロテクターでもつけたみたいな胸板。見上げるほど高い身長。なんというか、ものすごい迫力。周りの人がちょっと引いているのがわかる。

でも、わたしは真っ先にオオスミくんに言った。

「こら、アイサツっ！　オス、じゃないでしょう。アイサツもちゃんとできないのか！」

一瞬、きょとんとしてから、大きな体をシュンと縮めたオオスミくんに、わたしは続ける。

「あのね、アイサツっていうのは決まりごとでも、単なる慣習でもない。紹介状なの」

「紹介状、っすか？」

「こういう声で、こういう話し方をして、こういう気持ちで、こういう人間で、こういう感情をあなたに持っていますよ、って伝えるものなの。言葉や態度にみーんな出る。『おはよう』ってたったの四文字に、どれだけの情報が入っていると思う？」

ぽかん、とオオスミくんは口を開きっぱなし。

「社会に出るといろんな人に会う。営業なんか一日中人と会うのが仕事。その人たらにいい印象をもってもらって、スムーズに仕事を進めなきゃなんない。そのためには、きちんと自分を知ってもらわなきゃ。だから、アイサツがきちんとできないヤツは、それだけで失格だ」

と、指をオオスミくんに突きつけた。

「はい」

オオスミくんは素直に頭をさげて向き直り、直立不動になると、

「改めまして、おはようございます。オオスミです。よろしくお願いします」

と大声を張り上げて頭を下げた。ちょっと、声が大きすぎだけどね。

わたしは「よし」って大きくうなずいた。

それから、オオスミくんと一緒に書店回りに行ったり、会議に出席したりと指導を続けてきた。年も六つ離れているし、ガンコなところもある。昔のわたしみたいに、自信にあふれていて、いい加減だったり中途半端なことを言うと、「どうしてですか?」「自分はこう思います」って、どんどん反論してくる。

なんと言ったらいいのか、どう説明すれば伝わるか、理解してもらう方法は……。

オオスミくんだけじゃなく、新しくできた後輩たちを前に悩んだら、いつだって頭に浮かんでくるのはイイダ部長のお説教だった。それをそのまま伝えれば、決まって「なるほど」っていう言葉と態度が返ってきた。

いつの間にか、後輩たちの間で「お説教のノザキさん」と言われていると聞かされた。

ほんの少し、誇らしい気持ちになった。

わたしとイイダ部長は、ようやく駅の改札口の前に立った。びっしょり濡れた傘が重く、雨

に濡れて手はかじかんでいる。ビニールに包んだ花束をもう一度手渡したら、イイダ部長は小さく笑った。

あの……。頭の中には、たくさん、たくさん言いたいことが詰まっていた。イイダ部長がいなくなることを知った二週間前から、ずっと伝えたいと思っていた言葉が。でも、ここまで来て、何も言えない。

けれど突然、イイダ部長はかかとをそろえると、背筋をぴんと伸ばし、わたしに向かって深々と頭を下げた。

「ありがとう、ございました」

いきなり……。わたしは周りを見回した。イイダ部長がお世話になった方か知り合いがいるんじゃないだろうか、その人に向かって頭を下げたんだと思ったから。でも、そこにいるのは、通り過ぎていくサラリーマン風の男性や大学生っぽい集団だけ。イイダ部長はしっかり、わたしに向き合っている。

「え……、あの……」

うろたえているわたしの前で、体を起こしたイイダ部長は照れくさそうに笑った。

「口うるさくガミガミ言いながら、私はいろんなことを考えさせられていた。キミにはいい加減な説明や感情論は通じないから。挨拶も遅刻の意味も、上司としてのありかたも、すべて教えてもらったと思っている。キミが私にいろいろなことを、改めて教えてくれたんだ。それに、私はパソコンやOAに弱いだろう。本当に助けてもらった。だから、ありがとう」

そう言ってもう一度、折り目正しいお辞儀をしてくれた。

……なにを言っているんですか。イイダ部長のことが大キライで、陰口もたくさん言って、「説教ジジイ」「小言地蔵」とかあだ名を付けたり、こっそり汚い雑巾で毎日机の上をふいたり、パソコンで困っているのを無視したり、そんなことばかりしてきたのに。わたしは……。

「すみません……」

役立たずのわたしの頭からも、口からも、他に言葉が出てこない。けれど、イイダ部長が苦笑をしながら首を振った。

「それから、最後のお説教だ」

「……はい」

「別れ際には、すみません、と言うな。ありがとうございます、と言うんだ」

わたしは、ついさっきイイダ部長がやってくれたように、かかとを揃えて背筋を伸ばし、膝におでこがつくくらい、深々とお辞儀をした。そして、鼻の奥が熱くなって、こぼれ出そうな嗚咽をこらえ、どうにか言うことができた。

「ありがとう、ございました」

イイダ部長は、小さくうなずき、優しい笑顔を見せると、手を振って人込みの中に消えていった。わたしは長い間、その場で顔を覆ったまま動けずにいた。涙が、いつまでもいつまでも止まらなかったから……。

数ヶ月が過ぎて、電車で半そでの学生服を見かけるようになったころ、イイダ部長からの手紙が、わたし宛に届いた。

イイダ部長らしく律儀な送別会の謝辞のあとで、簡潔な文章で近況が書いてあった。

奥さんの実家の家業は「こんにゃく」の製造・販売で、なかなかコツがつかめず、手がかぶれたり、一週間分のこんにゃく芋をダメにしたりと、苦労しているらしい。最近では「説教ジジイ」を返上して、奥さんに説教をされまくっているそうだ。

不満そうに目を三角にしている姿が、ふと目に浮かんだ。それもまたイイダ部長らしいような気がして、わたしはつい笑みを漏らしてしまった。

「こんにゃく屋のオヤジの耳にも入るような、大活躍をしてください」

と手紙は締めくくられていた。

はい、部長。わたしは鞄をかかえ、ひとつ気合いを入れてから立ち上がった。

贈る言葉

——ねぇお姉ちゃん、教師っていう職業は……あんまりいいもんじゃあないよ。

夜の九時。二十代女子にとっては有意義な時間のはずだ。美容向上に励んだり、テレビで好きなアイドルを眺めたり、彼氏といちゃついたり……。そんな楽しい夜を私はしばらく送っていない（彼氏なんてもちろんいない）。こたつの上には眠気覚ましのコーヒーと、採点待ちの答案用紙。残念ながらこれが私の日常である。

こないだ久しぶりに会った友達に「しおりが中学の先生？　ウケるね」と笑われた。いや、私自身もかなりウケてるよ。そもそもだ、元コギャルの私が教員免許も取れて採用試験も合格しちゃうなんて、大丈夫なのかこの国は。もっと教育に熱いヤツを採用すべきだろう。……そんな訳のわからぬ教育批判をしてみるが、目の前の答案用紙は静かに私の採点を待っている。

しかたなく赤ペンを持ち答案と向き合う。氏名欄、殴り書きの汚い字で『加賀一生』の文字。

イツキと読むのだが、クラスの盛り上げ役である彼はみんなからイッショウと呼ばれている。

「お、出たねイッショウ」と答案用紙を覗き込む私。彼の解答にはいつも期待してしまう。

『問5　日本国憲法の3つの基本原則はなにか』という問題。【国民主権】【基本的人権の尊重】【平和主義】が答えである。しかし、さすがのイッショウだ。裏切らない解答をしてくれた。

【愛する心】【暴力禁止！】【自由な恋愛】

バツと大きく書き入れながら、つい、ふふふと笑ってしまう。消しゴムで何度か消した跡。考えてみたが答えが出てこず、ギャグに走ったという姿が目に浮かぶ。前回のテストでは『黒船に乗って来航した米人の名前は』という問題に【レディ・ガガ】と答えて笑わせてくれた。

教師という職に就くまで、マル付けという作業は無機質で事務的なものだと思っていた。しかし実際はものすごく時間がかかって厄介な仕事だ。答案用紙を一枚一枚めくるごとに、生徒の顔が見えてくる。「石田め、やっぱり授業聞いてなかったな」とか「兼子さん、風邪で休んでた割にやるじゃない」と一喜一憂。しかも今回は三年生にとって中学最後となる、学年末テスト。ちょっと感傷的になってしまうのも仕方がない。

次の答案用紙に目を移す。氏名欄に『瀬戸歩美』の文字。「お、歩美かぁ」とついニヤニヤしてしまった。もし歩美がいなかったら私はこのクラスの担任を引き受けていなかっただろう。

私は一年前の出来事を思い返してみた。

四月。春だというのに、気分が重くて仕方がなかった。教師となって五年目、ついに〝クラス担任〟という嫌な役が回ってきた。「うっわー、マジか」心の中で叫ぶ。どうやら三年生の学年主任を務めるベテラン体育教師、松添健一先生の大推薦があったようだ。しかし生徒の名前も数人しか覚えていないテキトー教師の私。担任という大役が務まるとは思えない。しかも受け持つクラスが三年生？　……無理、無理、無理。進路相談とか、絶対乗れない。断るタイミングをうかがっていたのだが、自分が受け持つことになるクラスの名簿に、とてつもなく目を引く名前を見つけてしまった。

『瀬戸歩美』

――せ、せとあゆみ？　ドキッとした。十年前に亡くなった二つ年上の姉、『瀬川歩美』と一字違いだったからだ。……なに、何かの因縁？　それとも運命？　自分に課せられた宿命のようなものを感じ、私は覚悟を決め担任を引き受けた。

始業式の日に初めて瀬戸歩美という人物と対面する。しかし彼女はホームルーム中ずっと鏡を見ているような、感じの悪い、派手な生徒だった。素朴でおおらかだった姉とは、どこひとつとっても共通点なんてない。……なんだ、名前が似てたのはただの偶然か。今さら、担任を引き受けたことを後悔した。

特別気に掛ける必要なし……と思っていたのだが、そうもいかなかった。瀬戸歩美は始業式の次の日からなんと一週間、無断欠席を続けた。どうやら瀬戸歩美は二年の頃からさぼりがちな生徒らしい。さっそく出ました問題児。「どうしましょ」と松添先生に相談してみた。

「とりあえず家庭訪問、行った方がいいかなぁ」

おお、家庭訪問！　テレビで見たことがある！　居留守使われたり、なかなか話を聞いてくれなかったりするやつだ。少しワクワクしながら私は瀬戸歩美の住む団地に向かった。

チャイムを押すと、すぐに部屋着姿の歩美が顔を出す。「どうぞー」と言われとんとん拍子に部屋の中に上がり、ココアまでご馳走になった。あら、想像していたのと違って調子が狂う。部屋はがらんとしていて人気がない。母子家庭の歩美。母親は日中仕事らしい。

「ずばり聞くけどさ、なんで学校こないわけ」率直に聞いてみる。

「学校に行っても意味ないじゃん」歩美がケロッと答えた。

「意味ないことないよ。勉強は……将来に役立つのよ」説得力ない発言をする私。

「あたしさ、中学卒業したらネイリストになろうと思ってるの。ねえ、ネイルの仕事でも数学や理科って必要なの？」

うん、難しい質問をされた。答えに困っていると、目が自然と歩美の爪にいった。真っ赤なベースにキラキラのストーンが輝く、難易度の高いジェルネイルが光っている。

「え、なに、カワイイんだけど。もしかしてその爪、自分でやったの？」

歩美の爪の上の、ストーンやラメを食い入るように見てしまった私。教師の職に就いてから、こういうお洒落なアイテムとはご無沙汰だったので、かなり興奮してしまった。しかも時代は進んでいて、私がギャルだったころにはなかったジェルネイル！

歩美は、お小遣いを溜めてジェルネイルに必要な道具を買いそろえたらしい。ジェルを固めるUVライトの機械やら、アート用の筆やらを見せてくれた。「ねえ、私にもやって！」と無茶を言うと、歩美は戸惑いつつもオーケーしてくれた。

「先生ってさ、なんか先生っぽくないよね」歩美が準備しながら聞いてくる。

確かに、生徒にネイルしてもらったなんて職員会議では絶対に報告できない。

「……自分でもね、不思議なくらいよ。教師やってるなんて」

「なんで先生になろうって思ったの」

「……教師になりたいってのは、お姉ちゃんの夢だったのよ。子供のころから心臓が悪くて、十九歳の時に死んじゃったんだけどね」

「……え？」

「お姉ちゃん、昔から私におせっかいでさ。勉強見てくれたり、部活のサポートしてくれたり。……ま、良く言えば面倒見がいいんだけど。『将来は教師になる』ってずっと言ってた。だからお姉ちゃんが叶えられなかった夢を、私が引き継いだってわけ」

そこまで喋ってハッとする。生徒になに語ってんだ、私。変に重くなった空気をかき消すように、私は両手を差し出す。「地味な色にしてよね。松添先生に怒られるから」

歩美は私の手を取り、ぎこちない手つきでやすりを掛け始めた。丁寧に甘皮の処理までしてくれる。一工程終えるたびに、ふぅ、と一息つく。どうやら他人にネイルをするのは初めてらしい。私の手を取る歩美の指先が、緊張で冷たくなっていくのが分かる。「適当でいいんだよ、適当で」そんな言葉をかけても歩美には届いていない様子。真剣な目で私の爪を睨んでいる。

筆をにぎるころには、手が小刻みに震え始めた。爪にジェルを塗ろうとして、案の定大きくはみ出してしまう。「あ、ご、ごめんなさい」と慌ててふきとる歩美。

「どうしたんだろ、おかしいな……」手の震えが止まらず、不安と焦りを顔に浮かべる歩美。そんな姿を見ていると、急に私の口から言葉が飛び出した。

「……失敗しても百回でも、千回でもやればいいから。……大丈夫、ちゃんと付き合う」

――アレ。なに、今の言葉……。私は手で口を押さえた。自分から出た言葉ではない感じ。しかもどっかで聞いたことがある。

……分かった。お姉ちゃんだ。私が小学生の頃、お姉ちゃんが言ってくれた言葉だ。逆上がりが出来なくて焦っていた私はその言葉でずいぶん安心したっけ……。

歩美もその言葉を受けて少し気持ちが和らいだ様子。休憩をはさんだ後に作業を再開し、私の爪をピカピカにしてくれた。結局、学校の話はほとんどせず帰宅。何のための家庭訪問だったのか、と後で反省した。

しかし次の日、歩美が学校に来た。

「どう剥がれてない?」ホームルームの後、歩美がやってきた。どうやら爪が心配だったようだ。

「いい感じよ」と手を差し出すと、歩美が私の左手を取ってまじまじと眺めた。

「先生の手って大人の手だね。もっと色んな人の手を見ないとね」

なんだかよく分からないが、歩美はその日から学校に来るようになった。まぁ遅刻や早退は多いけど、ほぼ毎日学校に顔を出しては、クラスメイトと楽しそうに駄弁《だべ》っている。それと引き換えに、私は松添先生にお小言を言われることが多くなった。

「あれ、どうにかなりませんかね。先生のクラスの女子、みんな派手なマニキュアして」

「はあ、すみません……」と反省の顔をしつつ、私も慌てて自分の爪を隠した。

そのあと歩美は、どうしても行きたい専門学校が見つかって、そこの受験資格〝高卒〟の為にしかたなく公立高校を受験するらしい。勉強はやりたくないと言っていた歩美だが、やればすぐに伸びる子だった。……マル、マル、マル。マルが続く解答用紙。「こいつ意外と頭いいんだよねぇ」と呟きながら、なんとなくにんまりしてしまった。

答案用紙を一枚めくる。次に出てきたのは、左手特有の荒っぽい字。この字は確か……氏名欄に目を移す。予想的中、『高城靖』だ。ヒョロッとした体格でヘラヘラと笑う靖の顔が浮かび上がった。五月の三者面談……あの時はできる生徒だと思ったんだけど……。

「進学校に進んで、いい大学に入って、いずれは父の会社を継ぎます！」

そう靖が言った。引き締まった顔。しゃんと伸ばした背筋。思わず、なんてしっかりした中学生なんだと感心してしまった。母親の口から志望校名を告げられ、私は驚いた。「高城くん……その学校、超難関だよ。大丈夫？」母親に睨まれた。でも、靖は自信ありげに言った。

「塾に通っているんで、大丈夫です。合格してみせます」

そう決めゼリフを吐いたものの、実は靖はそんなに成績が良くない。定期テストの点数は、いつも平均点を少し上回るくらい。よほどの努力がないと合格はできない。

「塾に通ってるんで」「毎日勉強漬けです」そう繰り返すので、影でエールを送っていたのだが……その後の期末テストの点数が中間テストを下回った。これはおかしい。ということで靖と同じ塾の生徒に、聞き込みをすることに。すると「なんか理由つけて、よく塾休んでますね」「近所の本屋で立ち読みしてましたよ」と靖のダメっぷりを示す情報が続々出てきた。どう考えても真面目に勉強していない。

あとは本人の事情聴取だ。夏休みに入る前にしっかり指導しないと。どんな反論が返ってくるだろうと楽しみにしながら私は本人を職員室に呼び出した。

「あんた勉強する気ないでしょ。証拠は挙がってんのよ」職員室中から視線が集まった。ちょっと刑事を気取りすぎたか。靖は私の迫力に負けたのか、黙ってうつむいている。「ほんとに、受験する気あるの？」

追い打ちをかけると、靖が開き直ったかのように喋りだした。

「……もともと、頭の出来が良くないからしょうがないじゃん」

「は？」

「志望校、変えます。別にそこじゃなくても、オヤジの会社は継げるし」

塾で受けた模擬試験で、合格率二〇パーセントと判定され、やる気をなくしたのだそうだ。結果を受けて努力しようとしない靖の姿勢に腹が立った。こういう時はどう言えばいいんだろう。お姉ちゃんならなんていうんだろう。――ああ、そうだ。ふと頭をよぎったのは中学生のころにお姉ちゃんに言われた言葉だった。

「一つ諦めることで、百のチャンスを逃してるのよ、分かる？」

実は私も中三のころ、勉強するのが嫌になった時期があった。友達と遊びたいがために、志望校のランクを下げようとしたときに、お姉ちゃんに言われた言葉だ。

あの頃の私が考えさせられたように、この言葉は靖の心にも届いたようだ。夏休み、毎日欠かすことなく塾に通い、今までの分を取り戻すべく夜遅くまで勉強をしたらしい。夏休み明けの実力テストはなかなかの高得点だった。さすがお姉ちゃんの言葉には力がある。

長い時間をかけて採点を続けていると、こたつの上の答案用紙がやっと最後一枚になった。しかし名前を見てペンが止まる。筆圧の強い字。『和田理紗』と書かれてある。

「理紗か……」

ホームルームで学級委員を決めるとき、最初に名前が挙がったのが和田理紗だった。短めのショートカット、すらっとした長い手足と高い身長。どうやら男女ともに人気がある生徒らしく、クラスの満場一致で学級委員に選出された。

和田理紗……どっかで聞いたことある名前だなと思っていたが、朝礼で何度も表彰されている生徒だった。水泳部のエースで、大会に出場するたびに何枚も表彰状を持って帰ってくる。「子供のころから、コレしかやってこなかったんで」謙虚な姿勢で先生たちの評判も上々。進路希望は水泳の名門校で、スポーツ推薦での合格は確実だろうと言われていた。

七月にはクラス対抗の水泳大会が行われた。「和田がいるなら絶対優勝できるぞ」と勝手に盛り上がる生徒たち。理紗を中心にして自主練習をし、綿密な作戦会議を重ねた結果（あと単純に理紗の活躍があって）うちのクラスはぶっちぎりの優勝だった。水泳大会後、クラスはひとつにまとまった気がする。これも理紗の力だろう。

　順風満帆な彼女が事故に巻き込まれたのは、夏休みが始まって少し経ったころだった。部活の帰り、猛スピードで走るバイクと出合い頭に接触してしまう。命に別状はなかったが、肩を骨折した理紗。泳げない夏休みは理紗にとって随分苦痛だったらしい。

　夏休み明けの彼女の顔はやつれていた。上半身から肩にかけての、大きなギプスと三角巾が痛々しい。私は放課後に理紗を呼び出し進路のことを聞いた。怪我の具合次第では、スポーツ推薦は難しいかもしれない。でも理紗なら一般入試でも十分合格圏内だ、そう伝えようと思っていた。しかし、理紗から告げられた言葉に私は愕然とした。

「……え、今なんて？」

「後遺症です。残るみたいなんです、肩に」

　みんなが帰ったあとのがらんとした教室に理紗の声が響いた。

「生活に支障はないらしいけど、医者から、もう水泳はできないって言われました……」

　理紗は窓から見える学校のプールを見つめていた。私はショックで言葉が出ず、理紗の背中をただ見ているしかできなかった。

「先生、あたしこれから、なにしたらいいですか」

　理紗がぽつりと呟く。声が震えていた。

「水泳なくして……どうしたらいいんですか。ほかにやりたいことなんて分からないよ」

理紗の肩が上下に振動した。ひっくと声がする。……泣いてる？

どうしよう。予想していなかった展開に戸惑う私。生徒に泣かれてしまったのは初めてだ。どうしたらいい？　なんて言えばいい？

——ねぇ、お姉ちゃん。お姉ちゃんならなんて言ってあげる？　こういう時はいつも助けてくれる。私は言葉を待った。早く、早くと祈りながら。

でもどれだけ待っても、お姉ちゃんの声は聞こえてこなかった。取り残された気分になって、自分が幼い子供のように感じる。……どうしよう、ついにお姉ちゃんに見放されてしまった。

長すぎる沈黙を不思議に思ったのか、泣き顔の理紗がこちらを向いた。焦る私。口から出まかせの言葉が飛び出した。

「……私もわからないよっ。……言っとくけど私なんてね、理紗みたいに夢や目標を持ったことないんだからっ」

理紗がびっくりしてこちらを見ている。涙でぬれた目をぱちくりさせる。

「教師っていう仕事だって、別に……自分が進みたくて選んだ道じゃない」

何喋ってんだ私。理紗が戸惑いの表情を浮かべ、頬の涙を拭って言った。

「先生は……まだ自分の道を見つけてないってことですか？」

「……そう。分かんないもんなのよ大人になっても。だから……中学生のあなたに分かるわけないでしょ」

教師が言うべきセリフじゃなかった。理紗はまた窓の外に目を移し、しばらくぼんやりしたあと「志望校、考え直します」と言って帰って行った。

数日後、理紗が第一志望の変更を申し出てきた。いわゆる一般的な普通科の公立高校を受験するそうだ。私は忙しいふりをしながら「そう、分かった」と短く返事をした。結局、私は役不足。理紗の気持ちを救ってあげることはできなかった。


そんなことを思いながら仕事を進めていたせいか、どうもペンが進まない。理紗の答案のマル付けに時間を食い、生徒全員の採点が終わるころには、時計の針が二時を指していた。単身者向けのマンションなので、いつもなら深夜構わず生活音が聞こえてくるのだが、今日は不思議と静かだ。冷たくなったコーヒーを口に含み、静かに飲み込んだ。いつも隣り合わせの眠気というやつが、今日はなかなかやって来てくれない。

——ああ、もうすぐ卒業式か。

生徒が巣立っていくことを考えると、なんだかやりきれない気持ちが湧いてきた。

結局……担任を務めたこの一年、私はお姉ちゃんに頼ってばかりだった。お姉ちゃんならこういう時どうするだろう、そう考えて行動すればトラブルは自然と解決していった。

……じゃあ私は？　私自身は生徒に何をしてあげられたんだろう。何を言ってあげられたんだろう。ああ、最後に理紗の答案を採点したのが悪かったかな。どうも気持ちが落ちていく。

行き場のない思いを掻き消すように私は布団にもぐりこんだ。明日も早いから寝よう。お肌に悪いから早く寝よう。何度も唱えたが、どんどん目が冴えていった。……コーヒーなんか飲むんじゃなかったな。


卒業式が行われたのは三月十三日。春の気配が感じられる眩しい日差しが降り注いでいた。

私はこの日の為にレンタルした袴に袖を通した。教師に見えるように地味な着物をチョイスしたのだが電車で「どこの大学の卒業式？」と知らないおばさんに声を掛けられてしまった。

午前九時。講堂で行われた卒業式。多くの保護者、来賓を迎え、式は厳粛に進んでいく。

卒業式と言えば別れの涙がつきものだが、私は絶対に生徒の前では泣かない、と決めていた。涙を流すのは熱血教師だけの特権だ。教師らしいことを何一つやってない私が泣くのは、場違いというか……なんというか恥ずかしい。

助かったことにうちの卒業式はとくに泣かせるような演出がなく、校歌を歌ったり、来賓の長い祝辞を聞いたりと、どちらかというとつまらないイベントに仕上がっていた。

だが、さすが卒業式マジック。形式を追うだけの式なのに、どこからともなくすすり泣く声が聞こえてくる。私の隣の席の松添先生も感極まっての男泣きをしている。ううっという松添先生の上ずった声が聞こえるたびに、私は笑いをこらえるので必死だった。おかげで感傷的な気持ちにならず、涙の心配は無用だった。

卒業式後は教室に移動。ここからが一番やっかいな催しの始まりだ。そう、最後のホームルームというやつだ。アルバムやら成績表などの配布物を配ったあとに、大概教師は説教じみたことを語りだす。言わずと知れる贈る言葉というやつだ。

数日前からこのことで頭がいっぱいだった。なにを話せばいいのかちっともわからない。いつもみたいに松添先生に相談すると、「自分自身の人生の教訓、とかどうですかぁ。例えば僕なら――」と数分にわたる長い話を聞かされてしまった。……人生の教訓か。『売られた喧嘩は買うな』『食べたあとすぐ寝ると太る』のらりくらりと生きてきた私には、しょうもない教訓しか思い浮かばない。こういう時、お姉ちゃんなら……と一瞬考えたが、自分の言葉で話せなければ意味がない気がしてやめた。ということで、配るものは素早く配ってしまい早々に解散するのが賢明だな、という結論に。

いつも通りの雰囲気で教室に顔を出す。「はい、静かにぃ！」と言いたいところだったが、いつも騒がしい生徒たちが、静かに座って待っていた。なんだこの空気。ぎこちなく教壇に立つと、学級委員の理紗が号令をかける。

「起立、礼、着席！」

静かに頭を下げ、椅了に座る生徒たち。礼儀良すぎてなんか気持ち悪い。調子が出ない。

「じゃあ、アルバム配るから、列の先頭取りに来てー」

アルバムが個々の手に行き渡ると、みんなさっそく中身を確認する。「写真写り悪い」だの「お前、変顔」だの騒ぎ出したので、なんとなくホッとした。あーだこーだうるさい中、私はせっせと配るべきプリント類や成績表を渡していった。そして手元に卒業証書が残る。卒業式では代表者が受けとるだけだったので、後で担任が生徒個人に渡すことになっている。これを配ったらホームルームは終了。学級担任としての仕事も終わりだ。

「じゃ卒業証書、配るよ」

急に教室がシンとなる。なんだ？　なんでさっきから礼儀良くするのだろう。

咳払いをし、名前を読み上げる。生徒が「ハイ」と言って立ち上がる。みんなが静かに見守る中、私は生徒ひとりひとりに「おめでとう」と言って卒業証書を渡していった。意図していないにもかかわらず、卒業式さながらの空気が流れている。……どうもやりづらい。

「加賀イッショウ」名前を呼ぶ。「先生、一生《イッキ》だってば。ちゃんと覚えろよ」ぶーぶー言いながら前に出てきた。「わざとだってば」クラス中から笑いが漏れる。いつもクラスを和ませてくれたイッショウに心の中で感謝し、私は卒業証書を渡した。

「瀬戸歩美」歩美が、少しはにかんだ笑顔でやってくる。あれから私は事あるたびに歩美の家を訪れ、歩美特製のネイルをしてもらった。音楽祭の時は音符柄のネイル、体育祭の時は爪に「ガ・ン・バ・2・組」と書いてもらった。そして今日、私の爪には桜の花が咲いている。卒業証書を渡し、私は歩美に爪を見せるようにピースをした。「カワイイ」と歩美が笑う。

「高城靖」靖はぴんと背筋を伸ばして証書を受け取りに来た。本気で受験勉強を始めてから、授業中よくあくびをする姿を目撃した。大きな口にいつかチョークを入れてやりたいと思っていたのに、念願叶わずだ。明後日が、志望校の受験日である。私は心の中で靖にエールを送った。がんばれよ、の気持ちを込めて「おめでとう」と言う。

なんでだろう。名前を呼ぶたびに、その生徒との思い出やつまらないやり取りが目に浮かんでくる。

――三者面談での土森くんの緊張した顔。目標点とれなかったときのキョーコの言い訳。夏の水泳大会で、長谷川が叫んだ変なエール。パンをストーブで焼いて、フジモンに説教したこと。選抜入試で合格して泣いた前川さん。

……一年間っていう長い時間を、この生徒たちと過ごしたんだな。そんなことを考えたら急に胸の奥がぐっとなった。……だめだめ、淋しいとか思ったら泣いてしまう。

そして手元の卒業証書が最後の一枚に。

「和田理紗」理紗は四月に抱いた第一印象と全く変わらず、凛とした表情でやってきた。大人のようなしっかりした顔つき。でもその心の奥では、とてつもない不安と闘っている。力になれなくてごめん、と私はいたたまれない気持ちで軽く頭を下げた。

「瀬川先生」

と急に理紗から声を掛けられた。

「卒業証書、もう一つあります」

きょとんとする私を置いて、理紗は自分の席に何かを取りに行った。大きな画用紙を持ってもう一度教壇のところにやってくる。文字が書かれた紙を広げ、理紗が大きく息を吸った。

「卒業証書、瀬川しおり殿」

理紗の肩越しに、教室を見渡す。クラス中がみんなニヤニヤと笑いながらこちらを見ていた。

「あなたは一年間、三年二組の学級担任を務め、立派に勤めあげたことをここに証します」

なにこれ。先生への卒業証書なんて聞いたことがない。びっくりしている私をよそに理紗が続きを読む。

「先生から教えてもらった社会科の授業。歴史、地理、現代史。覚えろと強制された、無理やりな年号のゴロ合わせ。そんな授業で習ったことのすべては、いずれ忘れていくと思います」

教室中から笑いが起きた。私は眉をしかめてそれに応えた。

「……でも先生から頂いたお言葉は、私たち絶対に忘れません」

おコトバ？　私、言葉なんか贈ったっけ。

理紗は書かれた文字を、一つずつ丁寧になぞって読み上げた。

「『楽しまないと損じゃない』『水泳大会優勝できたらあんたら全員、志望校合格』『たまには逃げ出してもいいんじゃない』『コギャルの私が先生になれたんだから大丈夫』これはクラスメイトから聞き出したアンケートの、ほんの一部です」

理紗が顔を上げてこちらを見た。「……私自身も、不安な時に励ましてもらいました。『大人になっても、自分の道なんて分からないんだから』って。私、先生みたいに毎日を楽しみながら自分の道を見つけていきたい……」理紗の目に涙が浮かぶ。

……まさか、まさか自分の言葉が生徒の力になっているなんて。

……こんな風に覚えてくれてるなんて。

「瀬川先生が……担任で良かった。本当に……ありがとうございました」

理紗の言葉を合図に、クラス中が一斉に立ち上がった。

「ありがとうございました！」

そう叫び深く礼をする生徒たち。私は卒業証書を受け取った。教室中からすすり泣く声がこぼれている。なんでみんな泣くの。さすが卒業式マジックね。そう思いながら卒業証書に目を落とすと、証書の上に水滴がぽとりと落ちた。あ、いけないと思いハンカチで証書を拭いた。

「先生、拭くところ、そこじゃないだろ」とイッショウが茶化す。

「うるさいな、こっちの方が大事でしょ」と私は涙を流しながら証書をハンカチで押さえた。

なんなんだ、この展開は。生徒の前では絶対に泣かないって決めてたのに。「一時間かけたメイクが落ちるじゃない」そう文句を言いながら、私は卒業証書がもうこれ以上濡れないように掲げて、眺めた。理紗が読み上げた以上に、たくさんの言葉がそこには記されていた。

どうしよう、涙が止まらない。みんなが泣き笑いの変な顔でこちらを見ている。

あ、言葉が湧いてきた。最後に、最後にみんなに伝えたいことが見つかった。全然いいことなんて言えないけど、人生の教訓なんてないけど、ただ心の底から湧いてくるこの気持ちを、みんなに伝えたかった。

「私、先生になってよかった……」

――お姉ちゃん、
私、学校が好きみたい。生徒が好きみたい。教師って仕事が、好きみたい。

見つけたかも、自分の道――

カエルになりたい

私が差し出したノートを、美保《みほ》は笑顔で受け取った。

「ありがとう里奈《りな》。助かる」

今日学校で、貸してほしいと頼まれた英語のノートだ。来週の中間テストの勉強のために、美保はコピーするつもりなのだろう。二学期になってから二ヶ月がんばってとってきたノートを貸すのはもちろん悔しいけれど、私も笑顔を見せるしかなかった。断れば、何をされるか分からない。

美保が自転車にまたがって公園を出ていくのを見送ると、全身の力が抜けるようだった。すぐに帰る気になれず、辺りを見渡した。この公園は、小さい頃から毎日遊んできた場所だ。遊具のほかに、隅に小さな池がある。私はその池のふちにしゃがみ、中をのぞいた。コケ色に濁った水の中に、今日は生き物の姿はない。

「こんなとこで何してるの」

顔を上げると、ジーンズ姿の寧々《ねね》が笑顔で立っていた。

「オタマジャクシでもいないかなぁって」と答えたら、寧々も隣に腰を下ろす。

寧々は家の近所に住む幼馴染。私より三歳年上だ。最近はなかなか会わないけれど、こうして偶然顔を合わせれば、昔と変わらず話ができる。寧々の隣にいると落ち着くのは、昔も今も変わらない。

＊

小学校に入ったばかりの頃、私は放課後も休みの日も、毎日のように寧々と遊んでいた。寧々は目のぱっちりしたかわいい女の子だったけれど、話すことや仕草は男の子みたいだった。いや、その辺の男の子よりよっぽど強くて、かっこよくて、私は寧々に憧れていた。

寧々との遊びは、決まって「正義のヒーロー」だった。「正義のヒーローごっこ」じゃない。私たちは実際に悪い奴がいないか近所をパトロールして、悪者が現れれば戦う。何かの真似ではなく、私たちこそヒーローだったのだ。私たちの一番得意な攻撃は水風船で、いつもふくらませた水風船をいくつもスーパーの袋に入れて持ち歩いていた。

その日も私は寧々と住宅街をパトロールしていた。寧々は水風船の入ったレジ袋を提げている。力もなくてどんくさい私は、水風船を持たせてはもらえなかった。貴重な武器を、割ってしまったら大変だからだ。でも本当はそれが少し悔しくて、早く私も水風船を持ってパトロールできるようになりたいと思っていた。

するとその時、どこかから女の子の泣き声が聞こえた。私たちは視線を交わし、同時に走りはじめた。といっても私は足が遅いので、すぐに寧々の背中を見送ることになる。前を行く寧々は、隅に小さな池を持つ近所の公園に入っていった。私も公園の入り口に到着すると、小学校に入る前の女の子が二人と、小学生の男子何人かが向かい合っているのが見えた。ブランコの取り合いをしているようだ。

「離れろ、悪者め！」

寧々は叫び、袋の中から取り出した水風船を投げた。寧々のコントロールはなかなかのもので、まさにブランコに座ろうとする男子に命中する。

男子は口々に、「ダースベイダーが来た！」と叫んだ。寧々は近所の男子から、そう呼ばれて恐れられていたのだ。私はダースベイダーが何かを知らず、かっこいいヒーローの名前だと思っていた。ちなみに男子が私につけたあだ名は「ダースベイダーの子分」。いつも寧々の後ろをくっついていた私にふさわしい。

私もようやく追い付いて、攻撃に加わった。しかし、私が投げた水風船はブランコまで届かず、乾いた地面を湿らせただけ。その間にも寧々は水風船を狙いすまして投げ、男子はきゃーきゃー言いながらよけている。

私も役に立ちたいと、水風船をもう一つ手にした。しかし、もっとブランコに近づこうとしたところで、足が絡まって転んだ。水風船はすぐ目の前で破裂して、砂と混ざったしぶきが顔にかかる。ウキャウキャと、男子の喜ぶ声が頭上から降ってきた。私と同い年の小野という男子の「ばーか」という声がはっきり聞こえた。

私も正義のヒーローになりたいのに。

恥ずかしくて起き上がることができない。悔しくて涙がにじんだ。

寧々の力強い声が聞こえて歯を食いしばった。寧々は泣き虫の私にいつも言っていた。泣くな。泣いたら負けだ、と。

「泣くな、里奈」

なんとか涙をこらえて顔を上げると、寧々が水風船を私に渡してくれた。袋の中は空っぽ。最後の一つだ。私は起き上がり、その水風船を両手で持ってブランコに突進した。思いがけない立ち直りの早さと捨て身の攻撃に、男子が目を見開く。私の狙いは、もちろん小野だ。

手を伸ばせば触れられるほどの距離まで近づき、小野に向かって思い切り水風船を投げつけた。近すぎて、小野にぶつかった水のかたまりが、私にまで跳ね返ってきた。一瞬の静寂を破ったのは、服がずぶ濡れになった小野の泣き声だった。

泣き続ける小野を連れて、男子たちは退散する。私はその場で「バンザーイ」と両手を上げた。ただ、救ったはずの女の子たちは、すでに公園から逃げ出したようだ。ブランコを取ろうとする男子よりも、水風船戦争の方がよっぽど怖かったにちがいない。

後ろから近づいてくる足音に振り返った。寧々が立派な白い大人の歯を見せて、笑っていた。

「よくがんばった！」

そう言ってぐりぐりと私の頭をなでる。戦いで活躍すると、寧々はいつもこうして私をほめてくれた。なでられただけで、自分が少し強くなったようで、誇らしかった。私はいつでも寧々にこうしてほめて欲しくて、その背中を一生懸命に追いかけていたのかもしれない。

ダースベイダーが悪役だと知ったのは、それからずいぶん後のことだ。男子にしてみれば、いきなり現れて水風船を投げつけてくる私たちこそ、悪者だったのだろう。でもあの時の私たちは、自分たちが正義のヒーローだと信じて疑わなかった。

私が小学校低学年の頃は、こうして寧々と毎日のように遊んだり、一緒に登下校したり、お互いの家を行き来していたけれど、私が高学年になるとその数はぐんと減った。寧々が中学生になったからだ。正義のヒーロー「ダースベイダーとその子分」は、実質解散となった。

小学五年のゴールデンウィークが終わったある日、下校途中に公園の横を通った。いつものように遊具で遊ぶ子どもたちの声が響く中、池の前の人影に気づいて、私は立ち止まった。身動き一つせず池の中をのぞいているのは寧々だった。中学生は普通小学生よりも帰りが遅いから、こんな時間に会うのは珍しい。

「こんなところで何してるの」

声をかけると、寧々はこちらを見上げた。ブレザーの制服姿だ。これまで男の子のような格好しかしていなかった寧々がスカートをはいているのが、私にはどうしても違和感があった。

「ほら、ここ」と寧々は池の中を指さした。

浅い池の一角が黒くうごめいていた。よく見ると、それは身を寄せ合う無数のオタマジャクシだった。ぴちぴちと体をくねらせながら泳いでいる。

「かわいい」と私は声を上げた。カエルは気持ち悪くて嫌いだが、オタマジャクシは愛嬌があるから好きだ。でも寧々は「かわいいか？」と首をかしげる。

「こいつらはかわいそうだよ」

その感想の方が、よっぽど首をかしげたくなる。理由を尋ねると、寧々はオタマジャクシから視線をそらすことなく言った。

「だってオタマジャクシでいるうちは、水の中でしか生きられない。きっと水の中は苦しくて、早くカエルになりたいからもがいてるんだよ」

私は「うげー」と声を上げた。せっかくかわいいのに、カエルになりたいなんて言語道断だ。カエル嫌いの私の反応を予想していたのか、寧々は「里奈にはまだ分かんないよな」とずいぶん大人ぶった発言をした。

「あたしも早く、カエルになりたい」

寧々が言った。私はそれを冗談だと思ったので、また「信じられない」と非難の声を上げた。寧々も面白がって、その場でしゃがみ込むと、ゲロっと一回飛び跳ねる。制服のすそが地面をこすっても気にしない。逃げる私を、カエルのまねをする寧々が追いかけた。砂場で遊んでいた小さな子どもたちが、怯えたようにこちらを見ていたけれど、構わず二人ではしゃいでいた。

「あー疲れた」

カエルのまねは、逃げるよりもよっぽど体力を使うのだろう。寧々がベンチに腰を下ろしたので、私も並んで腰かけた。

とりとめのないことを話すうちに、前の週のゴールデンウィークの話題になった。私が家族でおじいちゃんとおばあちゃんの家に遊びに行ったと話すと、寧々は少し胸を張った。

「私は北海道に行った。一人で」

一人旅なんて、大人がするものだと思っていたのでとても驚いた。いや、私は大人になってもできないかもしれない。やっぱり寧々はすごい。幼いころに抱いていた憧れは、間違いじゃなかったと思えた。

寧々は北海道で、特に目的があるわけでもなく、電車で自由に行動したのだという。宿も行く先で決めていったが、連休真っただ中で満室のところが多かった。野宿も覚悟した日、たまたま地元の人と仲良くなって民家に泊まらせてもらったという話は、聞いているだけでも胸躍る冒険譚だった。

会話が途切れてからも、私はまだ行ったことのない北海道の広い草原に思いをはせていた。その中を、寧々を乗せた電車がまっすぐに走っていく風景は、とても美しい。だから寧々がぼそりとつぶやいた言葉を、初めは聞き取ることができなかった。

「え、なに?」

聞き返してもなお、寧々は珍しく口ごもった。

「悪い。金、貸してくんないかな」

驚いて、私は目を丸くした。寧々に何かを頼まれたのはそれが初めてだった。寧々は言い訳をするように続ける。

「明日体育の授業があるから、体操着を買いたいんだけど、今、金ないんだよね。お年玉も旅行で使っちゃったから」

その時の私はただ、寧々の役に立てることが嬉しかった。だから大急ぎで家に帰り、とっておいたお年玉を持って公園に戻った。どうして中学二年の五月なんて中途半端な時に、体操着を買うんだろうと思ったのは、その日の夜になってからのことだ。

お金は半年後に返してもらったけれど、その理由は聞けないままだった。

＊

唯一私が寧々に頼みごとをされたあの日から、三年半が経つ。同じ公園で同じように二人並んで池をのぞいているのが、なんだか不思議だった。

私は今、あの時の寧々と同じ中学二年生で、寧々は高校二年生だ。寧々のジーンズ姿はしっくりきた。寧々の通っている高校は制服がないらしい。その代わり、今は私が制服のプリーツスカートをはいている。

どうしてあんな中途半端な時期に、体操着を買わなければいけなかったのか。ずっと心のどこかに引っかかっていた疑問の答えは、中学に上がると見えてきた。

何もいない池をのぞく寧々に、私は尋ねた。

「寧々、中学生の時いじめられてたんでしょ」

寧々が卒業し、入れ違いに私が通い始めた地元の公立中学は、お世辞にもガラのいい学校とは言えなかった。先生が気づいているかどうかは知らないけれど、いじめも多い。だから私もこれまで、使い物にならないほど傷《いた》めつけられた教科書や上履きを何度も見てきた。寧々の体操着も、同じ運命をたどったのではないか。

「里奈も何かいやなことされてんの？」

寧々に尋ねられ「まだ」と答える。持ち物が傷めつけられたり、私自身が暴力を受けたり、お金をせびられたりしたことはない。だけど、いつも考えている。次は私なんじゃないかって。

さっきノートを貸した美保の笑顔が浮かんで、それだけで気持ちが沈んだ。

私のクラスの女子の中心は美保だ。女王様みたいに、私たちをコントロールしている。今日も二時間目と三時間目の間の休み時間、クラスの女子全員の携帯に美保からメールが届いた。

《愛香《あいか》シカトけってー》

本文はその一文だけだった。愛香というのは、クラスの女子の一人だ。何があったのかは分からないけれど、きっと美保の気に入らないことをしたんだろう。愛香は二時間目まではちゃんと授業に出ていたのに、三時間目からは教室に来なくなった。

美保がそんな命令のメールを送ってくるのはよくあることだった。

《あいつを無視しろ》《先生や親にちくるな》《約束を破ったやつを探し出せ》

美保からのメールは絶対。破れば今度は自分への攻撃が始まる。いつも監視されているのと同じだ。だから教室にいると、本当に酸素が薄くなったように息苦しい。周りを敵と味方に分けたり、気に入られようとしたり、ある日突然縁を切ったり。その上、昨日までシカト命令が出ていたはずの子と美保が、急に仲良くなっていたりする。小学生の頃は友だちの多かった私も、今はそんな関係についていけなくて、中学校ではほとんど一人で行動していた。

でも私は美保に、たぶん必要とされていた。ノートを貸したり宿題を見せたり、勉強要員として見られている。次のターゲットになりたくない。そう思うと逆らうことはできなかった。それに必要とされているうちは、すぐにターゲットにされることはないんじゃないかと、どこかで計算している。そんなことを考えてしまう自分もいやだ。

私が話すのを、寧々は黙って聞いていた。

「寧々はどうやって解決したの」

正義のヒーローとして、男子たちと熱戦を繰り広げてきた寧々のことだ。いじめられたらただじゃおかないだろうと思って尋ねた。でも寧々は薄く笑いながら肩をすくめた。

「解決なんてできなかった。ただ、我慢してた。卒業までじっと」

私は寧々の横顔を見つめた。意外だった。そんなの全然、寧々らしくない。

一年半。私が中学を卒業するまでの時間を思うと、それは途方もなく長いように感じた。

そんな時間、我慢し続けられる気がしなかった。

私の思いに気づいたのだろう。寧々は「でも考えていたことはあった」と続けた。

「もしも『もう我慢でさない』って思ったら、あいつらみんなぶん殴って、学校行くのやめようと思ってた。最終手段だな。そのために、毎日腕立て伏せも欠かさなかった」

寧々は空中にパンチを放った。あんなのに殴られたら、いじめっこ達なんて一撃だろう。

「我慢なんてしなくてもいいじゃん」

私がふてくされたように言うと、寧々は「そうだよな」と笑った。でも、寧々が殴らなかった理由も、学校へ行き続けた理由も、本当は分かっていた。そんなの、負けるみたいで悔しい。

それは今の私も同じだ。

「でも里奈には無理かな」

寧々は私の二の腕をつかみながら言う。私の体でいざという時に殴れるか、吟味しているらしい。無理に決まっている。背の順は前から二番目、腕立て伏せは一回もできずに潰れてしまう。

私は小さい頃と変わらず、人一倍どんくさいままだ。

寧々はうーんとうなった。その時は寧々が何を悩んでいるのか分からなかったけれど、どうやら私が「我慢できない」と思った時にどんな反撃に出られるか、考えてくれていたらしい。

翌日、学校から帰ると郵便受けに白い封筒が入っていた。記されているのは私の名前だけ。

その豪快な筆跡は間違いなく寧々のものだ。
中から出てきたのは水風船だった。赤、青、緑、オレンジ、紫、黄色、ピンク、水色。ふくらませる前のカラフルな八つの風船が、セロハンの小さな袋に入っている。昔、寧々とお小遣いを出しあって駄菓子屋で買っていたことを思い出した。
《健闘を祈る》
封筒の中には、寧々からの手紙も入っていた。いざという時はこれで攻撃を仕掛けろということらしい。私、水風船を投げるのも苦手だったんだけど。そう思いながらも、私はそれを鞄にしまった。

水風船を鞄に入れて持ち歩くようになってから、一ヶ月が経ったころだった。

音楽室での授業が終わり、私はいつものように一人で教室を移動していた。

「おい、子分」

どこかから声が聞こえた。でも私は自分に関係がある言葉だとは思いもせず、そのまま歩き続けた。すると今度は背後から肩をつかまれた。驚き振り返ると、小野だった。そう言えばかつて、子分と呼ばれていたことを思い出す。

小野は小学生の頃戦っていた憎き男子の一員で、私の水風船攻撃で泣かせたこともある。

同い年の私たちは、そのまま地元の中学に進学した。ただ、交流はもう一切ない。今はクラスも同じだけれど、クラスメイトになって八ヶ月、言葉を交わしたのは初めてだった。

「お前、ダースベイダーどこ行ったか知ってるか」

何を言われているのか分からず、「は？」と無愛想な返事になる。

「ほら、お前の親分。うちの兄貴とダースベイダーが同じ高校だったんだけど、急に退学したんだって。もうこの町も出たらしいんだけど、アメリカ行ったとか、アフリカ行ったとか、いろんなうわさ流れてて。あいつどこ行ったの？　ほんとは何があったの？」

初耳だった。寧々が既にこの町を出ていったなんて。公園で会った時には、きっともう決まっていたのだろう。でもそんな素振りを、寧々は全く見せなかった。

「知らない」

私は小野に背を向け、歩きだす。

きっと寧々が退学したのは、何か嫌なことがあったからじゃない。ただ外の世界に跳び出したかったのだ。早くカエルになりたい。そう言った寧々の言葉の重みが、今なら分かる。寧々はずっと窮屈だったのだろう。黙って行ってしまうところも寧々らしい。

だから寧々が去っていったのは仕方のないことなんだ。そう自分に言い聞かせた。それなのにどうしてか鼓動が速くなって、顔も熱くなった。

ぼんやりした頭で教室の席に着くと、美保が笑顔で近づいてきた。また宿題を見せてと言われるんだと思った。しかし私の前に来た途端、美保の顔から笑顔が消えた。

「今、小野君と仲良さそうに話してたよね」

美保が言った。一方的に話しかけられただけだ。そう言いたいけれど、私は黙っている。そんなこと言っても聞いてもらえるはずない。いや、本当は美保の目が怖くて、のどがぴったりと閉じてしまっていた。

この前、女子へ一斉送信されたメールに書いてあった。《小野君に手を出すな》。美保の仲間の一人が好きになったらしい。そうしたらもう、話しただけで目をつけられる。

うつむいたままの私の顔をのぞきこむようにして、美保がささやいた。

「次やったら、ただじゃすまないから」

美保が教室の後ろの仲間の席に走っていった。きっと盛大に私の悪口を言っているんだろう。悪意に満ちた視線が背中に刺さって痛い。

監視されて、命令されて、悪口まで言われて、なのに私は言い返すこともできない。

私は鞄を持って廊下に出た。蛇口の並ぶ流し台の前で、鞄の中の水風船を探した。むやみに引っかき回すせいで、鞄の中がぐちゃぐちゃになった。

寧々のばか、と心の中でつぶやく。抑え込もうとしていた寂しさが、一気に胸に込み上げてきた。どうして勝手に行っちゃうの。私をこんな冷たくて息苦しくて不自由な場所に残して。私だって、早くこんなところ出ていきたいのに。

にじんだ涙を乱暴に拭うと、寧々の言葉が耳の奥によみがえった。

——泣くな、里奈。泣いたら負けだ。

鞄の底から、水風船がみつかった。その袋を破ろうとして、思いとどまった。今じゃないと思った。この水風船は最終手段だ。もう少しだけ、我慢できる。袋を握り締め、大きく一つ深呼吸をした。もうダースベイダーは助けてくれない。私は一人で、この時を乗り越えなければいけないのだと思った。

受験を理由に、三年に上がる時はクラス替えがなかった。美保の女王様は続いた。私が流し台の前に立ったのは一度や二度じゃない。何度もこんな学校生活辞めてしまおうと思った。水風船を食らってずぶ濡れになっている美保を横目に、教室を颯爽と出ていく自分をイメージすると胸が躍った。でも、実行には移さなかった。

いつの間にか私は、水風船を投げつけるその日が楽しみになっていた。大切なものをとっておくように、一日、もう一日と実行の日を延ばしていった。そんなイベントが待っていると思うだけで、少し息苦しさが和らぐような気がした。

そうして私の中学校生活は過ぎていった。

寧々から「我慢した」と聞いた時は、気が遠くなるほど長く感じた一年半という時間が、もうすぐ終わろうとしていた。


卒業式の後、三年生の各教室では最後のホームルームが始まった。

その間、私は斜め前に座る美保を見ていた。右手にハンカチを握りしめ、時折鼻をすする音も聞こえる。泣いているのだ。でも私は一粒も涙なんて出ない。むしろ顔がゆるんでしまいそうで、それを隠すのに苦労した。

中学校生活が、今日やっと終わる。それはつまり、これまで心の支えにしていたイベントを実行するチャンスも、今日しかないということだ。

号令と共にホームルームは終わった。教室のあちこちで記念撮影が始まり、フラッシュが光る。私はカメラすら持ってこなかったことに気づいて、そそくさと教室を出た。

並ぶ三年生の他の教室でも、ホームルームは終わっているところが多いようだ。教室からは別れを惜しむにぎやかな声が漏れてきていたけれど、まだ廊下に出ている生徒はいない。私は流し台の前に立ち、水風船を取りだした。ドキドキしていた。突然水風船をぶつけられた美保は、どんな顔をするだろう。これまで飽きることなく繰り返してきたイメージが、いよいよ現実のものとなるのだ。

袋から、紫の水風船を取り出した。ゴムの口を蛇口の先にかぶせ、そっとバルブをひねる。風船は徐々にふくらんでいき、それまで濃かった紫色が、中の水の流れが透けて見えるくらい薄くなっていった。

水風船の口を結んだ時、私はその表面に何かがあることに気づいた。文字だった。黒のインクで《た》と書かれている。一目でわかる、豪快な寧々の字だ。

まだふくらませていない他の水風船も手に取った。どれにも何か書いてあるようだが、小さくて読むことができない。次の緑色に水を入れる。出てきた文字は《く》。

八個全てに水を入れ、流しの前の窓の桟《さん》にそれを置いた。その文字の羅列の意味に気づいて、心臓がドクンと跳ねる。慎重に、それを並び替えた。私が大好きだった言葉が、浮かび上がってきた。

《た》《く》《よ》《ば》《っ》《!》《ん》《が》

《よ》《く》《が》《ん》《ば》《っ》《た》《!》

窓の外からの光に照らされて、どの風船も宝石みたいにキラキラしている。その向こうに、私の頭をなでるときの、寧々の笑顔が見えるようだった。

派手な中学校生活ではなかった。むしろなるべく目立たないように過ごしてきた。だけど寧々は見ていてくれた。遠くからでも、応援してくれていた。

「寧々ずるいよ」

涙をこらえつぶやく。私は寧々に憧れていた。「よくがんばった」とほめて欲しくて、いつも一生懸命だった。そんな大切な言葉を、誰かにぶつけられるはずがない。こうなることも全部、寧々は分かっていたんじゃないか。そう思うとなんだか悔しくて、だけど本当は少しほっとしていた。

どこかの教室のドアが開き、人の出てくる気配がした。用意していたスーパーの袋に、急いで八個の水風船を移して胸の前に抱える。振り返ると、教室のドアの窓から、仲間とカメラにピースサインを向ける美保が見えた。でももう、攻撃したいとは思わなかった。

昇降口に向かって廊下を歩く。これまでよりずっと足が軽く感じた。私はこの三年間、じっとエネルギーをためてきたのかもしれない。今なら高く跳び上がれる気がする。外の世界はきっと、今より少しは息がしやすいはずだ。

私が足を踏み出すのに合わせて、腕の中で色とりどりの水風船もぽんぽんと弾んでいた。

サキのチョコメダル

最終回の攻撃、サヨナラのチャンス！

セカンドベースに片足を乗せ、バッターボックスに向かう小柄なあいつに目をやる。

野球を始めた頃は同じくらいのチビだったけど、四年の夏にぼくがリードし始め、この分なら卒業までに頭ひとつ分の差がつけられそうだ。

北風を切り裂くように、素振りのバットが宙を切る。何度も何度も。何度も何度も……。

あいつに言わせれば、これは相手を焦らせるための心理作戦らしい。「野球は頭だよ、ア、タ、マ」なんて、ぼくとドッコイドッコイの成績で言われても説得力はないけど、ピッチャーがイライラし始めたのが、背中でわかった。

「ピッチャー、焦っとるで！　ど真ん中、カキーンや！」

ぼくのヤジにニッと笑って、あいつは惚れ惚れするような打球をセンター前に打ち返した。

来週に迫った引退記念試合を最後に、ぼくら六年生はリトルファイヤーズを卒業する。一緒にプレーできるのも、あと少し……。ぼくは感傷に浸りながら、ホームベースを駆け抜けた。

「ナイスバッティング！」と勝利のハイタッチしようとしたら、「ユウジもな！」と頭をバチバチと叩いてきた。そうや、こいつに感傷なんて似合わんかった。「なんやねん」としゃがみこんだぼくが顔を上げたときには、サキはもうとっくに応援席に向かって走り出していた。

「お母さーーん！」

サキんちのおばさんが、手を拡げて待っている。

「サキーー！」

……幼稚園の運動会じゃあるまいし。いつもながら、なんやねん、この仲良し親子は！

えっと、サキとおばさんのことを、なんて説明すればいいだろう。

サキは幼なじみ、親友、弟……違った、妹みたいに思うときもある。同い年やけど。

一番古い記憶は、幼稚園の入園式。三月生まれのサキとぼくだけ、みんなよりひと回り身体が小さかった。「ずっとメソメソしてるもんやから、余計に縮こまって小さく見えた」なんて、今でもおばさんは笑い話にしよる。ちょっと太めの先生は、右腕にサキ、左腕にぼくを慣れた手つきで抱えあげ、ぼくはホッとしたのを覚えている。担任の先生が力持ちでよかった。泣き虫がぼく一人じゃなくてよかったって。

だけど「あたし、おねえちゃんになるんよ」と、ある日突然言いだして、サキは先生の右腕から、あっさりと巣立って行った。もうすぐ生まれてくる弟か妹の代わりに、ぼくを赤ちゃん扱いしてくるサキに、生まれて初めてライバル心というものを燃やした。こうしてぼくも、先生の左腕から無事卒業。めでたしめでたし。

サキはすっかり調子に乗って、七夕の短冊にも「やさしいおねいちょんになります」なんて間違いだらけの字で書いていた。おばさんが嬉しそうに抱きしめようとすると「もう抱っこはいらんの」とか、澄ました顔で言うとったな。笑える。

こうしてサキとおばさんが心待ちにして生まれてきたリクだったけど、ぼくはほとんど会ったことがない。リクは生まれつき心臓の病気だった。やっと退院したと思ったらまた入院。おばさんは付き添いで忙しく、幼稚園の送り迎えには、スーツ姿のお父さんが来るようになっていた。食品会社の営業をやっていたサキんちのおじさんは、お迎えに間に合わないこともしょっちゅうで、そのたびにサキは誰もいなくなった教室にポツンと取り残される。見かねたうちの母さんが一緒に連れて帰り、おばさんが戻るまで、うちで遊んで待っていることもあった。

サキとは十年近くの付き合いになるけど、その頃が一番仲が悪かった。すっかり泣き虫に逆戻りしたサキがつまらないことですぐ泣くもんだから、ぼくは母さんに怒られてばっかり。

「優しくしてあげなさい。サキちゃんは今、すごく寂しいんやから」

なんでぼくが怒られんねん！　幼稚園でこっそり意地悪してやるつもりだったのに、園庭の隅で一人でいるサキを見たらできなくなった。先生の手を引っ張って来て「また抱っこしてあげて！」とお願いしたらしい。ぼくは覚えてないけど。

こんな風になんとか一年が過ぎた頃、サキのおばあちゃんが田舎から出て来て、しばらく一緒に住むようになった。おばさんが病院に泊まり込んで、帰れなくなったからだ。今思うと、もう長くはないと言われていたんだと思う。

その年の短冊にサキは「リクになりたい」と書いた。


リクのお葬式のことは、あんまり覚えてない。すっかりやつれたおばさんの隣に、サキがちょこんと座っていたような気がするけど、読経の声や線香のにおいで、なんだか恐かったという印象しか残っていない。

サキは悲しんでたんかな。思い出そうとして浮かんでくるのは、そのあとおばさんと一緒にうちに挨拶に来たときの、照れ臭そうな笑顔。お葬式から一ヶ月くらい経っていたと思う。「大変やったねえ」と母さんは涙ぐみ、おばさんは「この子のためにも頑張るわ」と、前のような元気で明るい声で言って、サキの頭を撫でていた。モジモジしていたサキと目が合うと、照れ臭そうに笑いよった。

　それからしばらくしてサキの名字が変わった。両親の離婚のことは、ずいぶん後になってサキから聞いたことがある。おじさんはサキを引き取りたかったみたいだけど、サキがおばさんと一緒がいいと言い張ったらしい。長い髪を結んでリボンをつけてもらい、おばさんの隣でニコニコしている小さなサキは本当に可愛らしかった。


　そんなサキが、いきなりショートヘアにしてきたときはびっくりした。ベリーショートっていうんかな、とにかく男の子と間違えるくらいの。一年生の夏休み前のことだ。もっとびっくりしたのは、ぼくが先に入っていたリトルファイヤーズに入部してきたこと。

　ぼくらが小学校に入ったときにおばさんは保険会社に就職し、サキは学童保育に通うようになった。前のようには遊ばなくなっていたけど、おばさんは会うといつも「頑張ってる？　将来はタイガースやな」と声をかけてくれていた。ぼくもおばさんも大の阪神ファン。でかいホームランをかっ飛ばす金本選手が好きなのも同じ。今度一緒に甲子園に行って金本を応援しようと盛り上がる横で、サキは興味なさそうに首をかしげていた。そんなサキが野球なんて……。

　今でこそ、男子に負けないくらいのロングヒットを飛ばすし、小柄な体格を生かしたショートの守備も軽やかにこなす。サードのぼくにとっては、なくてはならない「三遊間コンビ」の相方だけど、入部してきたばかりのサキは、むき出しになった華奢な首があまりにも頼りなくて可哀そうに思えて、「なんでおばさん、止めんかったんや」とまで思っていた。

だけど、意外にもサキは頑張った。一日も休まなかったし、みんな嫌がるトレーニングだって必死についてきた。初めてヒットを打った日の飛びきりの笑顔は、忘れられへん。ご褒美におばさんから金メダルをもらったと、喜んでうちまで見せに来たっけ。近所の駄菓子屋で売っている、メダルの部分がチョコレートの、首にかけるチョコメダルだ。散々見せびらかして自慢して、結局もったいなくて食べられないうちに賞味期限を過ぎてしまったらしいけど。

サキは今でもよく「お母さんのチョコメダル」の話をする。いろんな辛いことがあった後だったから、余計に嬉しかったんやろうと思う。

サキが試合に出るようになってからは、おばさんは他のどの父兄よりも熱心に応援にやって来る。今日みたいな練習試合だってそう。応援席の一番前で、威勢のいい声を張り上げる。勝ったときは、勝利のダンス……じゃなく、ああやって二人で抱き合って喜ぶ。もうすっかり見慣れた光景だけど、片付けが始まっているというのに、いつまでやっとるんや！

だいたい六年生にもなると、ああやって応援に来られることさえ恥ずかしい。ましてや「応援ありがとう、お母さん」なんて、思ったとしても口にしたくない。それをあの二人は毎回やっている。なんだかむず痒くて体がクネクネしてしまいそうで、結局「なんやねん！」と突っ込んでしまうというわけだ。

まあ、しゃあないかと、サキのグローブを片づけてやりながら思う。サキとおばさんはいろんなことを乗り越えて、絆を深めていったんや。あれからずっと、二人はいつも笑っている。

「お母さん、今日の晩ごはんなに？」

「カツ丼。敵に勝つ。来週は最後の試合やからね」

「ダイエットする言うてたん、誰ですかあ？」

「えー、言うてましたっけ？」

練習試合からの帰り道、並んで自転車を漕ぎながら、サキとおばさんは喋りっぱなしだ。帰り道が同じぼくは、漫才のようなやり取りに口を挟む間もなく、黙って後ろをついていく。うちは男兄弟だから比較にならないかもしれないが、親子ってこんなに喋るもの？　こんなに仲良しなもの？　とよく驚く。「ユニホームの洗濯が大変！　サッカーにしといたらよかったのに！」と、しょっちゅう文句を言っているうちの母さんとは大違い。おばさんは、試合前の体調管理にも気を使ってくれるらしい。こういう親子が協力しあって甲子園とか目指すんだろう。

でもサキの野球人生は、残念ながらもうすぐ終わることになる。見た目も性格も、小さい頃から一緒のぼくらにとってはすっかり「男友達」だけど、一緒に中学の野球部に入ることはできない。制服はなんでスカートなんやと最近ブチブチ言いだしたサキを見て、ああそうや、こいつ女子やったなあと、ぼくら男子は言い合っている。

「な、ユウジ！」

ベンチコートにショートヘアの背中が振り返った。

「最後の試合、がんばろな！」

いよいよ来週、サキにとってはラストゲーム。絶対勝ったると心に誓った。

次の日から、二人で試合の策を練り始めた。相手は隣町のグリーンボーイズ。力で打つバッターが多くて、三遊間をうまく抜いてくる。駄菓子屋の前のベンチで、串カステラを食べながらの作戦会議だ。

チョコメダルを買ってもらったこの駄菓子屋が、サキは今でも大好きだ。唇に砂糖をくっ付けたまま、突然「受験するかも」と言い出した。するかもと言ったって、もう十一月も終わり。受験ってたしか一月。女子野球部のある私立の中学に行けば？　とおばさんが言ったらしい。

「お金かかるからいいって言うたんやけど……。お母さんは行ってほしいんかな。どう思う？」

そんなこと聞く前に、自分の成績と相談せんかい！　と喉まで出かかったけど、サキがあまりにも真剣なので飲み込んだ。

「サキのためやったら頑張るって、お母さん何でもできるって。スゴクない？」

サキはよく、自分がどれだけお母さんに愛されているか、大切に思われているかを一生懸命に話すことがある。でも話すうちにだんだん寂しそうな表情になっていくのに、ぼくは気付いている。不思議なんやけど……。二人きりの母と娘ってそういうもんなんかな。

「あたしがリクやったら、普通に野球続けられるのにな……」

その名前をサキの口から聞いたのは、何年ぶりだろう。あまりにも久しぶり過ぎて「誰？」と聞き返すところだった。ほとんど会ったことなかったけど、もう顔も思い出せない。そういえば、サキの家にはリクの遺影どころか、写真すら飾っていないことに、ようやく気付いた。


家に帰って探したけれど、やっぱりリクが写っている写真はなかった。サキとの写真も思っていたより少ない。母さんに聞いたら「あの頃、サキちゃんちは大変やったからね」って。

「でも、よかった。あんなに明るい子に育ってくれて……。今やから言えるけど、お葬式の日にもあんなことがあったし、サキちゃん、辛かったやろな、大丈夫かなと思ってたんよ」

あんなこと？　と聞き返したぼくに、母さんは驚いた顔をした。

「覚えてないの？　あんた、サキちゃんの頭、撫でてあげたじゃない」

おさげ髪のサキ、ひんやりとした頭の感触……霞みがどんどん晴れて、ぼくは思い出した。

読経が途切れたほんの少しの間、微かに聞こえたサキの声。

「お母さん、もう病院にお泊まりしなくていいの?」

おばさんが小さく頷くと、サキははしゃいだ声をあげた。

「じゃあ、これからはずっと一緒にいられるね! やったー!」

次の瞬間、おばさんはサキの頬を力いっぱい叩いた。サキの小さな体は椅子から転げ落ち、おばさんはその場に泣き崩れた。「それでも母親か!」と怒鳴るおじさんを、親戚の人たちが必死で止めていて……騒然となった会場で、サキだけがぼんやりと宙に目をやっていて、ぼくはいつの間にかそばに行って頭を撫でていた。


そうや……そんなことがあった。子供心にショックだったからなのか、すっぽりと抜け落ちていた記憶。サキは……サキは、覚えているんやろか。いや、覚えていないに決まってる。だって、あんなにお母さんのこと大好きやし……。今度の試合でもいいプレーをして、そんなサキをおばさんは声をからして応援するはず。それから「お母さーん」「サキー」と抱き合って喜ぶ。昔からずっと仲良しで、これからも呆れるくらい仲良し親子でいてくれる。あの二人にわだかまりなんかあるはずない。そんなもん、あの二人には似合わない。

次の日も、その次の日も、ぼくはサキと駄菓子屋のベンチで作戦会議をし、串カステラを頬張り、「お母さんがねー」で始まる話を聞かされた。いつもと何も変わらないと思っていた。

金曜の夜、もうすっかり暗くなってから、サキが家に来た。

「ユウジ、走りに行こ！」

これまでもよく、二人でランニングすることはあったけど、こんな時間、しかも明日は大事な試合の日。だけどサキの目がちょっと赤いような気がして、ぼくは付き合うことにした。

街灯が続く下、ただ黙って歩くだけでサキはいつまでたっても走り出そうとしない。

「寒いから、走ろか」

「お母さんの顔見たくなくて出てきただけやから」

「……ケンカ？　珍しいな」

「ケンカなんか、したことないわ。叩かれたことは一回だけあるけど」

どきんとした。サキは覚えてるのか？　ぼくは必死に話題をかえようとした。

「受験どうするんや？　ムリやと思うで。おまえアホやもん、ムリムリ」

「……リクの……」

サキの声は震えていて、泣き出すんじゃないかと思った。

「お母さん、リクの写真出してきてな、明日はこれ持って行っていいかって。膝の上に抱いて試合見たいって。あたしが『ほんなら、頑張らなあかんな』って言ったら『リクも喜んでるわ』って……ちょっと泣いてた」

サキは頑張って泣くのをこらえていた。口をへの字に結んでいるのは、そういうときの癖だ。

「……やっぱりお母さんはリクのもんや」

サキはポツリと言うと、急に走り出した。ムチャクチャに走るもんだから、なかなか追いつけない。やっと横に並んでも何を言っていいのかわからず、競争みたいに走り続けた。

「お母さんはあたしじゃなくて、リクとずっと一緒にいたかったんよ。あたしじゃなくて、リクに野球やってほしかったんよ。中学も高校も野球やって阪神に入って、何千万と稼いで、美人のお嫁さんもらって……」

ぼくはサキが何か言うたびに「なに言うとんねん」「アホちゃうか」「なんやねん」と、バカみたいに突っ込むことしかできなかった。

そんなサキの気持ちなんかふっ飛ばしてくれそうなくらい、次の日の空は晴れ渡った。

朝からギャグでもかまして盛り上げたろと思って、ぼくは早めに準備をしてサキの家に寄った。サキちゃぁんと、小さいときみたいにドアの前で呼んでみる。ニタニタ笑ったサキが出てくるのを期待したのに、開いたドアの向こうには、青白い顔をしたおばさんが立っていた。

「サキが……おらんようになった」

おらんようにって？……ぼくは嫌な予感がして、聞き返した。

「ご飯はお握りにしてねとか、唐揚げたくさん入れてとか……急に声が聞こえなくなったと思って台所から覗いたら、居間には誰もいなくて、これが……」

おばさんの手には、くしゃくしゃになったリクの写真があった。

ぼくは自転車に飛び乗った。「大丈夫、先に行っただけやって」と言う声がうわずった。


グラウンドに行ってみたけれど、やっぱりサキはまだ来ていない。

自転車で探し回りながら、ぼくは自分に腹が立ってきた。なんでゆうべ、もっと気の利いたことを言ってやれなかったんやろ。サキが聞けないのなら、代わりにおばさんに聞いてやればよかったんや。「サキのこと、大切ですか?」って……。どんな気持ちで「唐揚げたくさん入れて」なんて言うたんや。あいつのことやから、精いっぱい明るい声で言って、その後どんと落ち込んで、それでリクの写真を……。アホやなあと声に出したら、泣けてきた。ほんまアホすぎる。最後の試合、どうする気や。六年頑張ってきて、最後の最後に、なにしよんねん……。

おばさんが呼ぶ声がして、慌てて涙を拭って振り向いた。自転車が突進して来て、危ぶつかりそうになる。おばさんは謝ることも忘れて、ハアハア言いながら叫んだ。

「あの子が行きそうな所、教えて！　私より……ユウジの方がわかってるはずや」

私よりと言うとき、声がかすれていた。さっきは気付かなかったけど、おばさんの目が赤い。

ゆうべのサキとおんなじ、いくら泣くのをこらえたってすぐわかる。そういうとき、口がへの字になるところや、ツンと上向き加減の鼻先だって、二人は本当によく似ている。それを言ったところで何の解決にもならないかもしれないけど、サキに伝えたい。二人はつながってるって、その絆がちゃんと見えてるって。

サキが行きそうなところ……。ぼくはペダルを踏み込み、「ついて来て！」と叫んだ。

「おばさん、チョコメダル覚えてる？　サキが初めてヒット打ったときの」

後ろを走るおばさんに聞こえるよう、声が大きくなった。

「あいつ、すごい喜んでたで。お母さんがくれた金メダルやって」

あの金メダルは、サキにあげた金メダルやんな？　と聞こうとしたけどやめた。聞かなくたってわかってる。サキがリクの代わりなんて、そんなことおばさんが思っているはずがない。

野球を始めたばかりの頃、心配そうにグラウンドの隅で見ていた姿や、早起きして作ってくれた、誰よりも色どりがきれいで栄養たっぷりのお弁当や……。サキは一生懸命話して自分を納得させようとしていたのかもしれないけど、おばさんがサキを愛していることは見ればわかる、みんな知っている。

「あのヒットは私の一番の思い出や。どんなファインプレーより、忘れられへん、私の……」

おばさんの声がだんだん小さくなり、聞こえなくなった。ぼくは声を張り上げた。

「喜びすぎて、大事にしすぎて、チョコ腐らせよったで、あいつ！」

ハハハと笑った後、おばさんはグスンと鼻をすすった。


シャッターの閉まった駄菓子屋のベンチで、サキはベンチコートのフードをすっぽりと被っていた。急ブレーキをかけながら、わざと乱暴に言ってやった。

「アホか！　まだ開いてるわけないやろ」

「チョコメダル、どんな味やったんかなと思って……」

「……」

あかん……うまく突っ込んでやるタイミングを外してしまった。どう声をかけようか迷っていると、カタンとスタンドを立てる音がして、おばさんがぼくを追い越して行った。

「あのときなあ……」

おばさんは胸に手をあてて息を整えながら、サキの隣に腰を下ろした。

「あのとき、お母さん、ホンマに嬉しかったんよ……」

膝の上で握りしめていたサキの手を、そっくりな手が優しく包み込んだ。怒っているのか、悲しんでいるのか、サキは下を向いたまま、フードに埋もれて顔が見えない。

「野球なんか、正直、続かんやろなと思ってた。でも、あんたが自分から何かしたいって言いだしたの初めてやったから……。初めてヒット打ったときは、嬉しくてなあ。ちっちゃい身体で、よう頑張ったなあってホンマに嬉しかった」

そのときのことを思い出したんだろう、おばさんは小さく笑った。

「中身はチョコでも、本物の金メダルのつもりやったんよ」

サキはおばさんの手の下から自分の手を抜くと、口元にあてて息を吹きかけた。白い息がふわっと顔を包み込む。やっぱり目は赤かった。

「あたし……お母さんの夢、叶えてあげられへん」

「夢？」

「ごめん、お母さん……」

「お母さんの夢、わかるの？」

「もう野球でけへんし」

「もうじゅうぶん」

「阪神にも入られへん」

「そんなん、思ったこともないわ」

「……リクやったら」

ベンチコートに、大粒の涙がぽつんと落ちた。サキが……泣いている。

「あたしがリクやったらよかったのに！」

サキは叫ぶように言うと、拳で膝を叩いた。何度も叩いて、そのたびに涙が落ちる。

「リクやったら、金本みたいなホームラン打ってくれたよ！　高校野球で甲子園行って、お母さん、アルプススタンドで応援できたんやで！　背なんか百八十くらいになって、いっつもお母さんが苦労してる電球換えるのかて、代わりにやってくれる！」

おばさんは何も言わない。じっとサキの言葉を聞いていた。

「リクやったら、結婚してお母さんと違う名字になることもない、家を出なくてもいい……」

苦しそうなサキの声。こんな声、初めて聞いた。

「いつか……お母さんを一人にしてしまうこともない」

……ぼくはぼんやりと思い出していた。入部してきたときの、まだ慣れないショートヘアの、寒そうなサキの首。細くて頼りなくて、守ってやらなと思ったんやで。……いつからそんなことを考えてたんや。一番そばにいたのに、ぼくは何も気付いてなかった。

だけどおばさんは、すべてわかっているかのように微笑んでいた。

「リクの代わりにってあんたが考えてたこと、知ってたよ。野球やるって言いだしたときからわかってた」

おばさんの手がそっと伸びて、サキの頭を胸に抱え込んだ。

「最後の試合をリクにも見せて、ちゃんとお礼を言おうと思ってた。……サキ、今までありがとう。ホンマにありがとう」

ベンチコートの肩が震えている。サキの泣く声が、はっきり聞こえてきた。

「お母さんの夢はあんたが幸せでいてくれること。リクの分までとか、そんなんと違うよ。サキはサキの分、めいっぱい幸せでいてくれること」

おばさんの胸に顔を押し付けて、溜めていた涙を全部流し出すように、サキは声を上げて泣いた。まるで泣き虫だった小さい頃に戻ったみたいに。

「ほっぺた、痛かったやろ……あのとき、弱くて情けなかったお母さんを、許して下さい」

おばさんの目からも、涙が一筋だけ流れて落ちた。

いつもみたいに笑い合っているわけじゃないのに、サキもおばさんも泣いているのに、二人はすごく幸せそうに見えた。ぼくまで泣くのは違う気がして、必死になって涙をこらえていたら、駄菓子屋のシャッターがガラガラと開いた。

おばさんはサキとぼくの首に、買ったばかりのチョコメダルをかけてくれた。太陽の光に照らされて、ピカピカと輝いている金メダル。「チョコのところが小さくなってる」とサキは言ったけど、それは違う。その分、ぼくらが大きくなったってことなんや。そうかあとサキは呟いて、懐かしそうに金メダルを撫でた。そんなサキを、おばさんが優しく温かく見つめている。

なんか嬉しくて、めっちゃ嬉しくて……ぼくは力いっぱい自転車のペダルを踏み込んだ。

「最後の試合や！　行くぞ！」

サキが大きく頷いて後に続く。

「お母さん、リクと一緒に見ててね！」

後ろで自転車のベルの音がした。きっと涙で言葉にならない返事の代わり、小さな音でチリンと鳴った。

お弁当の卒業式

「お弁当、明日で終わりだから」

高校三年生になる娘の美咲《みさき》が、赤いチェックのナプキンに包まれた空の弁当箱を目の前に差し出しながら言った。

三月も目前、九州地方から桜前線が北上してきているころ、ここ横浜の外れの海沿いの街はまだ肌寒い。しかし、遠く長崎に単身赴任で行っている妻の香奈《かな》から手紙が来て、桜の花の小枝が同封されていた。「春のおすそわけ」だそうだ。

美咲のぶっきらぼうな宣言に、僕は首をかしげる。

「え？　だってまだ、午後の授業あったんじゃないか？」

「受験も終わったし、授業なんてないよ。それに、あとちょっとで卒業式じゃん」

そんなことも知らないの？　とでも言いたげに、部活を引退してから伸ばし出した髪をかきあげながら、美咲は二階にある自分の部屋へ行ってしまう。最近、肩にかかる髪と背筋の伸びた後ろ姿が、香奈に似てきた。時計を見ると、すでに午後八時過ぎ。駅前のスーパーはまだやっているけれど、一件入っている急ぎの仕事を片付けないと。

最後のお弁当くらい、前もってしっかり準備して、最高の傑作にしたかったなあ。

美咲は北海道にある大学に合格して、四月から通うことになっている。つまり、明日が美咲に作る最後のお弁当ということになるだろう。

……でも、この二年間、本当に長かった。

二年前の春。美咲は高校二年生になったばかり。僕は大急ぎのチラシをようやく作り上げて、徹夜明けで朝食のテーブルに着いたところだった。ほっとひと息ついたとたん、不意に香奈が単身赴任をしたい、と言いだした。

「店長待遇だし、この際、思いきって三年間行ってこようかって」

大手チェーンの書店に勤めている香奈は、長崎店に初の女性店長として抜てきされたのだ。

僕はデザイナーの仕事をしている。本の装丁をやることもあるし、パンフレットやチラシの仕事もやる。忙しいときに臨時のアシスタントを頼むくらいで、基本的にはひとりで仕事をしている。だから時間には融通がきく。その分、家のことも美咲の面倒も見られるだろう。それに美咲も一通りの家事はこなせるし、自分の身の回りのことくらい、しっかりできる。

「だから、ちょっとワガママ、させてもらおうかなーって。ごめんね」

そう言いながら、大きな瞳で僕を見ていたずらっ子みたいに笑うのだ。その笑顔に僕が弱いのもよーっく知っているくせに。しかし、言うほど簡単な事じゃない。

大体、十七歳で思春期真っ盛りの美咲は、父親の僕とまともに目さえ合わせてくれない。この年代の女の子なんだから仕方がないのはわかっている。それでも何度か親しくコミュニケーションをとろうとした結果、「ウザイ」と言われる回数だけが増えた。

「まあ、一過性のハシカみたいなもんだから、放っておくのが一番よ。別にお嫁に行っちゃったわけでもないいんだから、気にしないの」

などと、ヘコんだ僕に香奈は言ったものだ。でも、その香奈がいなくなったら家には二人きり。ずっと無言というわけにもいかないと思うんだけど。考えただけで胃が痛くなる。

「受験生に家事をやらせる気?」「お父さんと二人とかありえないんですけど」などと、美咲も最後まで抵抗していたが、香奈には通じない。「大丈夫よー、お父さんきちんと家事やってくれるから」「へーきへーき、昔は、パパ大好きって、言ってたじゃない」などと言いながら一月後、簡単に家事のやり方だけ説明して長崎に行ってしまった。

残された僕と美咲は、夕飯のカレーを食べながら今後のことを話し合った。

基本的に掃除は二人で週ごとに交替してやるとして、主に僕が炊事、美咲は洗濯をすることになった。どっちが得意とか不得意とかいう理由じゃない。

「お父さんに服、洗われるとか、ほんっとヤだから」とのことだ。

僕は大学の四年間、学食でアルバイトをしていたから料理の腕には自信がある。「わたし不器用だからー」と、苦い味噌汁を作って自慢げに言っていた香奈よりは確実にうまい。これまでだって半分以上は僕が作っていた。事実、香奈がいなくなってからも、朝夕のご飯に関してはまったく問題なしだ。団らんが極端に寂しかったくらいで。

問題は昼ご飯。僕のじゃなく、美咲の昼ご飯だ。中学に引き続きソフトボール部に入部して、朝練もやって夕方遅くまで練習している美咲には、昼のご飯が足りないようだった。渡していたお小遣いは、月半ばにはなくなって、「学食高いんだよ。お昼代もうちょっとくれない？」と言い出した。おまけに、帰ってきて夕飯にすると、あっという間にごはんをおかわりする。それ以前に、待ちきれなくてスナック菓子を袋ごと抱えて食べている。よっぽど、昼ご飯が足りないんだろうか。買い食いばかりじゃあ、健康にだってよくないはずだ。

そこで、僕は美咲のお弁当を作ることにした。

もうひとつ、僕は仕事が立て込むことがあり、美咲は部活と受験に追われている。すれ違いが続くと、下手をすれば一週間、二週間顔を合わせないこともあった。これまでは香奈がその橋渡しをしてくれていたけれど、さすがに美咲を一人で放っておくわけにはいかない。

せめてもの親子のコミュニケーション、話のきっかけになれば……。

そんなことも考えてのお弁当だった。やや強引かなと思わないでもないけれど。


電子音のベルが遠くから聞こえる。

もう朝か。薄目を開けると、カーテンから朝日が漏れていた。日差しが目の奥にしみる。僕は目覚まし時計をとめてから、簡単に身支度をして真っ先に台所へむかう。春が近いとはいえ早朝の空気はまだまだ冷たい。水に触れてあまりの冷たさに思わず手を引っ込めた。

昨夜、仕事が終わったのは一時近く。スーパーに行くどころじゃなかった。冷蔵庫を開けてみたら大した材料もない。最後の日のお弁当、と張りきってみたものの、これじゃあ腕のふるいようがないよなあ……。

冷凍庫になにかストックはないか見ていたら豚ロース肉が出てきた。……よし、これを重ねて溶けるチーズを挟んで揚げれば、チーズ入りの豚カツができる。あとは、キャベツの残りとニンジンと、これを軽く炒めて……。それに、冷蔵庫のすみに瓶詰めにしたピクルス。揚げ物が入るから、口直しにちょうどいいだろう。あと、ゆで卵を半分にきって入れると彩りもいいしボリュームもでる。あとは……。

材料がなくてもとっさに何とかできるようになったのは、一年前くらいからだろうか。手際もよくなって一時間かかった弁当作りは、三十分もあれば十分。電子レンジを駆使するテクニックも覚えたし、道具もあれこれ充実している。

でも最初は大変だった。……実に。

香奈が長崎に行ってから二ヶ月後、部活から帰ってきた美咲との夕食の席で「明日から、お弁当を作る」と宣言した。

「えー、できんの？　お昼代を増やしてくれた方がいいんだけど」

と美咲は露骨にイヤそうな顔をした。しかし、二年生になって身体も大きくなり、試合でもレギュラーのピッチャーをやることになり、活動量に比例して食費も増え続けている。だから都合のいい提案だと思ったらしい。それ以上の文句は言わず黙って皿を片づけた。

さて、作ると決まってから真っ先に悩んだのが弁当箱だ。美咲の小学校、中学校は給食だったから、ほとんどお弁当の機会はなかった。家にあるのは、オママゴトみたいに小さなものだけ。そんなものじゃあとても足りないだろう。

そこで昔、僕が使っていた大きな弁当箱を引っ張り出してきた。新しく買ってくるのも面倒だし当面はこれでいいかと思って、とにかくご飯を敷き詰め、夕飯の残りと買い置きの冷凍食品を適当に詰め込んでみた。

翌朝、テーブルの上に置いてある弁当箱をみて、美咲は「はぁ？」と顔をしかめた。

「弁当、持っていきなよ」

「これ、昔、お父さんが使ってたやつじゃん。どんだけ食べると思ってんのよ？　こんなの持って行けないって」

お弁当に見向きもせずに朝ご飯を平らげ、「行ってきます」も言わずに飛び出して行った。

美咲が残していった弁当は、もったいないので僕の昼ご飯になった。反省会みたいな感じで食べたお弁当は見た目も失格だったが、何よりもまずかった。冷めると炒めものの油が固まる。煮物系は汁がご飯にしみる。彩りも最悪。

……さて、どうしよう。

なまじ自信があったから、今日のお弁当は僕なりにショックだった。でも、「やっぱり、大変だからやめようか」というのもシャクだ。

僕はその日、夕飯の買い出しにスーパーに出かけ、帰りに商店街に寄ってまずは弁当箱を買うことにした。量がある程度入って、女の子が持っていってもおかしくないようなもので、と考えながら見て回った。どれもプラスチックの安っぽいものや、幼稚なキャラクターが描かれたものばかり。朝の美咲の剣幕《けんまく》を思い出すと、どれを買っても文句を言われそうだ。さんざん悩んだあげく、少し渋いけれど格子柄のデザインの弁当箱を買った。中身も冷凍食品を多用して、ミートボールやら、ミックスベジタブルやらの彩りのいいものを選んだ。

よし、と内心で満足しながらテーブルにおき、美咲が起き出してくるのを待つ。

けれど、制服姿で靴下をはきながら現れた美咲はまたも眉を曇らせた。

「こんなのあったっけ？」

そう言いながら包みを開き、出てきた弁当箱を見てまた「はぁ？」とつぶやいた。

「おバアちゃんじゃないんだから、なにこの柄。ヤダもう……」

そうグチをこぼすと、またお弁当を置きっぱなしにして行ってしまった。

さすがに僕は落ち込んだ。「今朝は六時から作ったんだぞ……」と文句のひとつも言いたくなる。しかし、生来ムキになりやすいタイプの僕は、それでスイッチが入った。

弁当箱をまた買ってくるのはもったいない。そもそもいきなり難しいものに挑戦するから失敗するんだ。そう考えて、次の日はおにぎりにしてみた。鮭《さけ》とおかかと梅干しの三個。それに唐揚げと卵焼きをタッパに入れて添えた。

その日、髪をとかしながら現れた美咲は、僕の顔と机の上に視線を一往復させてから、何も言わずにお弁当を持っていった。

美咲が元気よく玄関から駆けだしていった後で、僕はガッツポーズを三回した。

薄暗い台所、スポットライトみたいな電灯の中で、小さな揚げ物の鍋から、しゃわしゃわとトンカツが浮かび上がってきた。衣はきれいなきつね色。よし揚がった。菜ばしで引き上げて、油を切って……。これでメインはできたから、あとは副菜になるものを入れればいい。

お弁当のコツは、メインをドンと決めて中心に据えること。そこからメインに合う副菜を考える。中心に据えるものから考えるというのは、デザインと似ている。「あれがおいしそう」「こっちも入れよう」などとあれこれ入れすぎるとまとまらない。どれほど手間や時間を掛けても、頑張りすぎ欲張りすぎのお弁当には不思議と食欲がわかないのだ。

わきにはちょっとした野菜でも添えようか……。半分以上埋まったお弁当を見ながらあれこれ考える。気づいたら、僕は鼻歌を歌っていた。


「お弁当を作る」と宣言してから半年が過ぎたころ、『子どもが自慢したくなるキャラ弁の作り方』『三品だけで豪華になるお弁当のコツ』『ひと味違うプロ顔負けのお弁当』なんていう本を読みあさって、やたらと手の込んだお弁当を作り始めた。根が凝り性なのだ。

でんぶを買ってきて、ご飯に色とりどりの模様を描いたり、卵焼きで野菜をくるんでみたり、ウィンナーでカニやらタコやら作ってみたり、野菜の飾り切りをやってみたり……。

育ち盛りの上に部活で目一杯動き回っていた美咲はお腹が減っていたようで、毎日残さず食べてきてくれた。味はどうだったのかコメントしてくれることはほとんどなかったけれど、戻ってきたお弁当のフタをあけるとき、いつも顔がにやけた。「お父さん、美味《おい》しかったよ」と声が聞こえるようで。

僕は完全に調子に乗っていた。ところがある日、美咲がお弁当箱を突き付けてきた。顔を真っ赤にして、きつい目でにらんでくる。

「いいトシして、どんなお弁当作ってんのよ！　恥かいたんですけどっ！」

「……かわいい、と思ったんだけど」

「キモッ！　カワイイとか言うな！　フツーでいいから、余計なことしないで」

チームメイトと一緒にお弁当を食べようとして、派手な花の飾りに「美咲のパパ、カワイー」とか、思いっきりからかわれたらしい。

ウケてると思ったんだけどなあ。女の子は難しいんだよなあ。

半日、あれこれ考えた末に、長崎にいる香奈から電話がかかってきたので相談してみた。香奈はこれみよがしにため息をついてから、きっぱりと言った。

「ムリに女子高生に合わせなくたっていいの。大体、あの子たちのことなんか、あなたは何にも知らないんだから。私はあなたのご飯大好きだし。あなたが一番おいしい、って思うものを作ればいいじゃない」

香奈の言うことはいつだってもっともだ。

仕事でも、いくつ案を出してもダメなことがある。相手の気に入るかどうかばかりを考えているときだ。反対に、自分が絶対にいいと思って出したときは、いい結果につながることも多い。つまり、いかなるときでもベストを尽くさなくてはいけない、ということだ。

……まったく、たかが娘のお弁当、ではない。

もうひとつ、なにか入れられないかな。

蛍光灯にくっきり浮かぶ真っ白なまな板の前で、腕組みをして記憶をたどる。が、心当たりがない。食品棚や引き出しをひっくり返し、冷蔵庫の奥から「ちりめん山椒」が出てきた。先週、打ち合わせで行った先の担当が、「京都のお土産です」とくれたものだ。これをちょっとご飯の隅に詰めておこう。

僕は基本的に家で仕事をしているけれど、機会を見つけてできるだけ外出するようにしている。気分転換にもなるし身体にもいい。そのときに、必ず何かを買ってくるのが僕の習慣だ。最近では「お弁当にいれられるかな」がひとつの基準になっている。先週は、行列するという肉屋のメンチコロッケ。その前はうまいと評判の焼き鳥……。

用事がなくても、日曜日にはときどき出かけることがある。美咲のソフトボールの試合だ。

一度、仕事のついでにのぞいたらやみつきになった。「行く」と言えば美咲がイヤがるのはわかっているから、僕はこっそり観に行く。隠れファンなのだ。

家では見られない美咲の「選手」の顔つき。全身を躍動させ汗を飛ばす姿。幼いころから知る自分の娘とは思えない。それでも、見ていると胸の奥からじんわり温かい気持ちがあふれ出てくる。それは、幼稚園の運動会を観に行ったときにも感じた、同じものだった。

その日も、練習試合があるというのでこっそり見に行った。

もちろん早起きしてお弁当も作っていた。前の夜に「明日は先発だから」とぼそっと教えてくれたから、余計に気合いも入るというものだ。しっかり力が出るもの。脂っこかったりしつこいと気持ち悪くなるから、口当たりがよくて消化にいいもので……。いろいろ考えてちらし寿司のお弁当にした。かんぴょう、錦糸卵と紅ショウガ、エビと椎茸と海苔。

朝早く、こっそり観に行ったつもりだったが、他に見物客など来ているわけもなく、妙に目立ってしまって困った。だから、外野のネット裏から試合を見た。

美咲はマウンドの上で大きく見えた。踏み込んだ足に合わせて腕をしならせ一回転すると、思ったよりもずっと速いスピードでボールはミットに収まった。昔、少年野球をやっていたことがある僕は「女子のソフトボールなんて」とどこかで思っていたのだけれど、そのスピードと迫力に驚いた。そりゃあ、美咲もお腹がすくわけだ。

けれど、試合はさんざんだった。連携守備の巧みさ、選球眼やバットコントロール、何より動きが鋭く、相手校のレベルがはるかに上なのだ。美咲は打ち込まれて、二回が終わった時点で五点を失っていた。打たれてしゃがみ込みそうになる。それでも、気を取り直して向き直って投げる。そんな姿を見て、僕はグラウンドに飛び出して行きたくなった。

がんばれ、がんばれ……。いつしか、僕はネットにしがみつきながらつぶやいていた。

美咲は四回に降板。それまでに十点の失点を重ね、被安打は数えきれなかった。それでもマウンドを降りるとき堂々と歩き、きちんと帽子をとっての礼も忘れない。その姿に、僕は胸がいっぱいになった。ベンチに座り込み、頭から大きなタオルをかぶった美咲は、いったい何を思っているのだろう。

その日のお弁当は少しだけご飯が残っていた。「悔しいよ、お父さん」という声が、聞こえたような気がした。


隣家の門が開き、車のエンジンとアイドリングの音が聞こえた。遠くから小鳥の鳴き声。ゆっくりと町が動き出す前の静けさを感じながら、僕はお弁当の仕上げにかかる。

お弁当の隅にアルミホイルの器を入れて、そこにピクルスを数種類入れた。ヤングコーンやキュウリ、ズッキーニにパプリカ……。揚げ物が入っているときには、酸っぱいものをひとつ入れるようにしている。このピクルスは、僕の好きなイタリア料理店でレシピを教えてもらったとっておきなのだ。

栄養のバランスも取るように心がけている。美咲は背も僕と同じくらい高いし、ちっとも太っていない。おまけに、一年間風邪ひとつひかない。お弁当のおかげ、とまではいわないけれど、健康に過ごしてくれているので、きちんと食事を作ってきてよかったと思う。香奈がいない間に病気にでもなったら、何を言われるかわからない。

空になって戻ってくるお弁当や、平らげられた夕飯の皿を見て、美咲の元気を確認する。「体調はどうだ？」と聞かなくたって、ぜーんぶわかる。

ダイエットなど気にしない美咲は、いつも元気に食べて元気に走り回って帰ってくる。だけれど、一度ひどく元気をなくしてしまったことがあった。原因は今でもわからない。ため息をついたり、部活を休んだり、部屋にこもるとそれっきり動く気配もない。ご飯も途中で「もういいや、ごちそうさま」と言って立ちあがってしまうし、お弁当も残してきた。口うるさくしたくないので黙っていたけれど、その状態が一週間にもなるとさすがに心配になる。僕は意を決して声を掛けた。

「どうした？　元気がないな」

「べつに」

そっけない返事が返ってきただけ。何が起こっているのかまったくわからない。いじめにあっているのじゃないだろうか……。試合で失敗したとか、レギュラー争いに負けたとかだろうか……。恋でもしているんだろうか……。

なにも言ってくれない美咲。僕ははらはら見ていることしかできない。ひどい事になる前に強引にでも聞き出すべきなのだろうかと考えていたら、長崎の香奈から電話があった。東京に用事があるので一週間後に二、三日帰るという。「美咲はどう？」と聞いてきたので、僕は今の状態をこと細かく話し、父親としてきちんと話をしようと思う、と言った。

そうしたら、大きなため息が返ってきた。

「……話したければあの子の方から話すわよ。放っておきなさい」

「無責任じゃないか。もし、いじめとかで悩んでたらどうするんだよ。学校に行って……」

「バカ！　あなたがあの子くらいのとき、何でも親に話してた？　親に知られたくなくて、バレたら死にたくなるくらいイヤで、学校や友だちのところに親がしゃしゃり出てきたら、逃げ出したくなるくらい恥ずかしかったでしょ」

「……それは」

「あの子なりに悩んで、解決しようと頑張っているのよ。あなたにできるのは、きちんと見守って、いつもどおりに振る舞ってあげること。いい？　それしかできないのよ」

返す言葉もなかった。

子どもには子どもの世界があって、そこに大人は入っていけない。無理やり入ろうとすると、その世界は頑《かたく》なに、固く閉ざされてしまう。

友だちとの友情をかけた約束や、隠れてやったいたずらや悪さ、好きな女の子との照れくさくて優しいやりとり……。それは僕にも覚えがあった。

その晩、僕は豚の角煮を作った。コトコトコトコト……、何時間も弱火で煮続けて焦げ付かないように底からかき混ぜる。それは美咲の大好物だから、うまくいくことを祈りながら。

翌朝、できあがった角煮をお弁当に詰めていると、早起きをした美咲がやってきた。

「なにそれ？　お弁当に入れるの？　わざわざ作ったの？」

「……いや、急に食べたくなったから。ほら、昨日やってた料理番組で見てさ」

「ふーん……。好きだからいいけど……」

それだけ言うと、顔を洗いに行ってしまった。けれど、その日のお弁当箱はしっかり空っぽになって返ってきた。「心配かけてごめんね」と、きちんと洗って返ってきたお弁当が言っているようだった。それから二週間ほどが過ぎて、「行ってくるね」という声と、軽やかな足音がまた聞こえるようになった。

ふたを閉めて、力をかけて密封する。はし箱を添えてから洗い立てのナプキンで包み、きゅっと結び目を締める。お弁当は完成した。買い出しをしていない、ということを割り引いて考えれば上出来だと思う。むしろ、二年間作り続けてきたことの集大成みたいな気がする。

二年間、いくつのお弁当を作ったんだろう。一〇〇個くらいか、二〇〇個も作ったか。

大きな試合があるというので、ベタだけど「とんかつ」を入れたらあきれられた。

試験勉強で大変そうなので、頭にいいと聞くＤＨＡがたくさん入っているサバを竜田《たった》揚げにしたり、アジフライを連続でいれたことがある。「いい加減あきた。急に頭良くなるわけないじゃん」とグチを言われた。

毎晩遅くまで、予備校に通っていたころは、お弁当のほかにサンドイッチやおにぎりを添えて持たせた。

大学受験の日は、消化のいい、力が出る物をと思って、甘いフレンチトーストを入れたりした。「食べづらいし、べたべたで大変だったんですけど」とイヤミを言われた。

合格を決めてきた日には、美咲の大好物だけを詰め込んだスペシャル弁当を作ったら、「部活も引退したんだから、こんなに食べたら太るっつーの」と憎まれ口付きで返ってきた。

イヤだと言ったり、あきれられたりしたけれど、いつもいつも弁当箱は戻ってきた。いろんな声をその中に閉じこめて。

「元気出たよ」「今日はちょっと疲れたなぁ」「やったー、うまくいったよ」「嬉しいことがあったんだ」「どうしよう、どうしたらいいんだろう?」「困ったなー」……。

空っぽだったり、きれいになっていたり、ご飯粒だけ残っていたり、洗い忘れていたり、嫌いなものだけ残してきたり。そのひとつひとつが美咲のメッセージだった。二年間たいした話もできない関係だったけれど、僕と美咲はこのお弁当箱でいっぱいいっぱい会話をしてきた。どんな父娘《おやこ》よりも、たくさん。

テーブルの上にポンと乗ったお弁当の包みを見ていたら、空のお弁当を返してくる美咲の、ぶっきらぼうな顔が浮かんでくる。

高校に入ったころは、まだ幼い表情を残した女の子だったのに、いつの間にか背も伸びたし体つきも大きくなった。ソフトボール部では頑張って、エースピッチャーになった。文化祭で夜遅くまで友だちと過ごしたこともあったし、合唱コンクールでは指揮者をやったそうだ。いつのまにか「獣医になりたい」という夢を持ち、大学も第二志望だけど合格した。家事も手際よく片づけてくれて、僕が仕事で大変な時は夕飯だって作れるようになった。

美咲は一歩一歩成長していって、高校からも、子ども時代からも、僕や香奈からも卒業していく。だからこれは、最後のお弁当。僕からの卒業のお弁当だ。

けれど本心では、いつまでもいつまでも「行ってくる」といって駆ける背中を見ていたい。「お弁当箱」とぶっきらぼうに帰ってきてほしい。本当はずっと……。

ふと、頬を伝う涙の温かさで、自分が泣いているんだと気がついた。

悲しいんじゃない。引き留めたいんじゃない。きちんと送り出してあげなくてはいけないんだ。僕は美咲の父親なんだから。

そこで思いついたことがあった。僕はもう一度、ナプキンの結び目をほどく。仕事部屋に飾ってあった桜の小枝を持ってきて、桜の花びらを一枚、お弁当に忍ばせた。門出を祝う気持ちを込めて。「おめでとう」そんな言葉を込めて。

朝、起き出してきた美咲は、「行ってくるね」と朗らかな声をあげ、ひょいとお弁当をつかんで出ていった。いつもと変わらない、最後の朝だった。

その日の夕方、帰ってきた美咲は僕の前にお弁当箱を置いた。

少し照れくさそうで、僕の顔から無理やり視線をそらすようにしながら。

「お弁当」

「ああ」

「桜の花びらなんか、どっからもってきたの？」

「お母さんが送ってくれたんだ。長崎はもう、開花してるから」

「そっか……。あのね、お弁当」

「……ん？」

「ありがと」

相変わらず、怒っているような声と仏頂面。でも、僕の頬は緩んでしまう。

僕のにやけた顔を見られてしまったのか、またムッとした美咲はにらみながら言う。

「ずーっと秘密だったけど、わたしピクルス苦手。いっつも入ってて、すごくヤだった」

空っぽになって返ってきていたので、好きなものとばかり思っていたけれど。

「……そっか、ごめんな」

「でも、今はそうでもないから」

そう言って、美咲は僕の前から去っていってしまった。とんとんとん……、軽快に階段を上っていく足音を聞きながら、空っぽになった弁当箱を僕はぎゅっと握りしめた。

いつか帰る場所

何度目かのため息をついた後、三津谷祐也《みつやゆうや》はベッドから起き上がった。バイトまではまだ数時間ある。でも、静まり返った部屋の中にいると、不意に叫び出したい衝動にかられてしまうので、寝る時以外はなるべく外にいることにしている。

ジャージに着替え、軽くストレッチをしてから家を出た。ぼやけた陽ざしの中に、なんとなく春の陽気を感じながら、ゆっくり走り始める。チームを解雇されてからも、ランニングとサーキットトレーニングは毎日続けている。それは、次の機会に備えてということではなく、惰性のようなものだ。身体を動かしていないと落ち着かないから、目的もなくただ走っている。

東京に住み続けているのも、言わば惰性なのかもしれない。ここで何か、やるべきことがあるわけではない。昨秋まで所属していたチームの本拠地というだけだ。他に行く所がないという理由で、だらだらとここに居座っている。

三度目のゼロ円提示に心が折れ、サッカーを辞めると電話で両親に告げた。それなら福岡に来て、ゆっくり今後を考えればいい。父と母はそう言ってくれたが、遠征以外では行ったこともない土地で、今さら親と同居する気になれず、適当な理由をつけて断った。それに、父と母もずっと福岡にいるわけではないのだ。

週に五回、もしくは六回、居酒屋でアルバイトをしている。働くこと以外にすることがないし、体力だけには自信があるので、毎回夕方のオープンから翌朝のラストまでシフトに入っている。始めて数ヶ月だが、店長にはすっかり重宝がられていた。

入学式の帰りらしい、小学生と母親の親子何組かとすれ違う。このところ、日付と曜日の感覚があまりない。季節はとっくに四月なのだと、改めて認識させられた。藤木も今ごろ、スーツを着て入学式に出ているのかもしれない。同時期に戦力外通告を受けた、同い年の元チームメイトの面長な顔を祐也は思い出す。藤木は地元の名古屋に戻り、何かの専門学校に入ると言っていた。それを聞いた時、うらやましく思ったことを覚えている。いち早く現実と折り合える彼の身軽さをではなく、地元という響きに込められた平穏のようなものを。

祐也には、地元と呼べる場所がない。転勤族の親のもとに生まれた宿命で、中学までに五度の引っ越しを経験した。高校は寮生活、十八歳でプロになってからは五年で三チームを渡り歩いた。同じ土地にいた期間は長くても三年間。全国十ヶ所で暮らし、最後に東京へたどり着いた。根無し草の終着点として、この大都会はふさわしい土地なのかもしれない。

いつものコースを一時間ほど流し、一人暮らしの小さなアパートに戻ると、携帯電話に妹の貴子《たかこ》からの着信履歴が残っていた。祐也の二歳下の貴子は、関西の大学に通っていて、この四月で四回生になったばかりだ。

「あ、もしもしお兄ちゃん？　ごめん、さっき寝てたの？」

「いや、ちょっと走ってた」

家族と話す時、貴子は関西弁を一切出さないが、あっちの友達と話す時には、ほぼ完璧な関西ことばのイントネーションになる。わが妹ながら、その順応性をさすがだと思うが、時々可哀想な気持ちにもなる。

「あのね、落ち着いて聞いてよ」

「なんだよ」

「カズ君覚えてるでしょ、白川に住んでた時の。病気で亡くなったって。一週間前に」

「……」

衝撃は、一瞬の間を置いてからやって来た。友の顔よりも先に、投げつけられた言葉が脳裏に甦ってくる。

——お前は、ここを捨てて出て行くんだからな。

「祐也。志望校調査票、もう書いたか？」

ケースから眼鏡を取り出し、軽くレンズを拭きながら、平田止志《まさし》が聞いてきた。

練習終わりの更衣室に、もうほとんど人はいない。正志がタイミングを見計らっていたことに祐也は気付いた。聞きにくいことを聞いてくる時、彼は眼鏡を拭く素振りで視線を外す。

「ああ、まだ書いてない」

普段と変わらない、自然な口ぶりを装った。更衣室の入り口ドアの辺りで、靴下を履こうとしている鳥居和孝《かずたか》を視界の端に確認している。広くて屈強な背中をこちらに向けているが、和孝がこちらの会話に耳をすましているのは明らかだった。

「翠南《すいなん》にするんだろ、第一志望は」

念を押すように、けれど、決して押し付けがましくならないように、絶妙のトーンで正志が質問を重ねる。

「うちは部屋余ってるし、マジで大丈夫だから。遠慮はするなよ」

正志が言っているのは、祐也が県立翠南高校に進学することになった場合、平田家に下宿させてもらうという話だった。祐也の父がここに赴任して三年目、次の春に転勤することはほぼ確実で、今住んでいるマンションは引き払う予定だ。

「サンキュー。たぶんお願いすると思う」

今この場では、嘘をつくことが必要だった。和孝の方にちらりと視線をやる。さっき彼の背中に見て取れたこわばりが、心なしか緩んでいるような気がした。

祐也は迷っていた。平田正志と鳥居和孝を含め、所属するクラブチームの仲間の大半は、翠南高校を受験する。彼らとは中学校も同じなのでだいたいの成績を知っているが、極端に学力の足りない者はいないので、そのほとんどが合格すると思われた。この地区で最も強い翠南高校サッカー部は、白川町のサッカー少年たちにとっての憧れである。祐也とてそれは同じだったが、数週間前に状況は一変した。

クラブチームのコーチを通じ、隣県にある私立の清英《せいえい》高校へのスポーツ推薦の話が祐也に来ていた。県選抜として出た試合で、清英の監督が祐也を見ていたらしい。九月に開かれたセレクションに参加し、数日前に合格を通知された。清英は高校サッカーの名門で、選手権大会の常連校であり、県大会八強がやっとの翠南より遥かに格上である。

コーチの谷原には、「まだ誰にも言わないで下さい」と頼んだので、チームメイトはそのことを知らない。でも、祐也と同じく県選抜に選ばれている和孝は、あるいは気付いているかもしれなかった。和孝が気付いているということは、正志にも話がいっているはずで、それで探りを入れてきたのだと祐也は思った。

かばんを肩に背負い、「先行ってるわ」と正志が更衣室を出て行く。気付くと、部屋に残っているのは祐也と和孝の二人だけになっていた。若干の気まずさを感じ、急いで練習着をかばんに詰め込んだが、「さっきの話、本当なんだな?」という和孝の低い声が祐也をとらえた。同じことを二度聞かれて少し苛立ち、祐也は「ああ」と答えてから、挑発的に「なんで?」と付け加えた。和孝には本当のことを言おうかとも思っていたが、そんな気は消し飛んだ。

「……いや、別に」

和孝は祐也の方を見ずにそう言うと、「そうだよな。約束したもんな」と言い残して出て行った。約束した覚えはねえよ。和孝の言い方が気に食わず、心の中で舌打ちする。

約束はしていない。が、皆で揃って翠南高校サッカー部に入り、県大会優勝を目指したいという内容を、チームの仲間内ではよく話している。祐也を除くメンバーは少年サッカーからずっと一緒なので、思い入れが特別に強いのだ。よそ者の祐也も、今はその仲間に加えてもらっている。けれど、心のどこかで一員になりきれていない自分を、寂しく客観視することがあった。

用事があると告げて、ラーメンを食べに行くと言う仲間たちと別れ、祐也は夕暮れの町を歩いた。いつからだろうか、祐也は考える。和孝との関係に綻《ほころ》びが見え始めたのは、いつからだったのだろう。

コイツに、いつか勝ちたい。そう強く願い、必死で後ろ姿を追いかけたライバルは、もう祐也の前を走っていない。中学三年間で、祐也と和孝のサッカーの実力は完全に逆転した。このクラブチームから県選抜に選ばれたのは二人だけだが、そこでの序列は祐也がずっと上になっている。その差は、チームの仲間たちが思っている以上だった。

一番仲が良く、誰よりも多くの時間を共にしてきた和孝は、そのことをよくわかっているはずだ。そして、サッカーの実力の逆転と自分たちの友情のきしみは、きっと無関係ではない。

川沿いの土手の上の道に出た。等間隔に植えられている、今は赤く染まった広葉樹は桜の木だ。土手の下、白川町の中央を悠々と流れる川の両岸には、野球の試合が出来るほどの広大な原っぱが広がっている。ここは、祐也が和孝と正志に初めて出会った場所だった。

三年前、祐也が中学校に上がる前の三月に、三津谷家はこの白川町に引っ越してきた。荷解きに退屈し、サッカーボールを引っつかんで町の探索に出かけた祐也は、この原っぱで一人ボールを蹴っていた時、隣でやはりサッカーをしていた和孝と正志に「一緒にやろう」と声をかけられたのだ。当時から和孝は背が高く、がっしりした身体つきで、バンド付きのメガネをかけた正志は、レンズの奥の涼しげな瞳が印象的な子だった。

最後に通っていた小学校では学年で一番上手かったので、祐也は自分の技術に自信を持っていたが、二人は自分と同等もしくはそれ以上だった。特に和孝の巧みなボール捌《さば》きには思わず目を奪われてしまったことを、鮮明に覚えている。

日が暮れるまではあっという間だった。あまりに楽しかったせいか、二人が人懐っこい性格だったからか、昔からの友人と遊んでいるような気安さを、祐也は感じるようになっていた。

「サッカー、上手いなぁ。どこの少年団でやってた？」

夕焼けを見ながら、草むらに腰を下ろして休んでいる時、正志が聞いてきた。

「チームには入ってない。今日、引っ越してきた」

「家、近く？」

「あそこのマンション」

祐也が二百メートルほど先に見える建物を指差すと、「じゃあ、俺らと同じ中学校かな」と言い、正志と和孝は嬉しそうに顔を見合わせて頷いた。

「なあ、お前も俺らと一緒のクラブに入ろうよ」

そう誘ってきたのは和孝だ。正志もすぐに賛同し、中学にはサッカー部がないので、地元のクラブチームに入るつもりなのだと言った。だが祐也は、「やめとく。俺、どうせすぐ引っ越すから」と断った。

すでに五度の転居を経験し、理不尽な寂しさを何度も味わわされてきた祐也は、習い事も部活動もしないと決めていた。「別れる時キツいから、なるべくつながりを作らないようにしてるんだ」十二歳なりの達観を祐也が話すと、「そうかぁ」と正志は残念そうな顔をした。

「俺らは十八まで、もしかしたら一生、白川にいるからなあ。色んな所に行けるのは、うらやましいなあ」

「しょっちゅう転校するんだぞ。人生で一回くらいならいいけど」

「あ、そっか。やっぱりそれはつらいな」

「もう慣れたけど。どの町もどの学校も、通り過ぎるだけって思うようにすればいい」

祐也は大人ぶって言ってみたが、初対面のこの二人には、意味が通じないだろうなとも思った。納得したのかどうか、正志は「ふうん」と仰向けに転がった。それからしばらく、三人で黙って夕陽の映る川面を見つめた。

「あのさ。やっぱ俺らとサッカーやろう」沈黙を破り、最初に口を開いたのは和孝だった。

「お前にとってはさ、ここは通り過ぎてく場所の一つで、俺たちは、何十人もいる友達の一人って感じになるのかもしれないけど」

和孝はいったん言葉を切ると、持っていたボールに目を落とし、

「俺はお前と一緒にサッカーやれたら、そのことをずっと覚えてると思う」と言った。

なぜだかわからない。その時祐也は、家に帰ったらサッカーチームに入ることを両親に頼も

うと心に決めた。そんなにも強く、「何かをやりたい」と望んだことは今までなかった。いずれ訪れる父の転勤のことは、考えないようにしようと思った。

　祐也が頷くと、和孝は「よっしゃー」と叫んで立ち上がり、土手の方に向かって思い切りサッカーボールを蹴った。ノーバウンドで斜面にボールが跳ね返り、高く宙を舞う。

「じゃあ、コーチに言っとくよ」正志も嬉しそうに立ち上がり、

「またサッカーやろうぜ。春休みはさ、だいたい毎日、あっちの公園のグラウンドかこの原っぱに俺たちいるから」と笑った。

「もうすぐ桜咲くしな。あれ、すげーんだよ。また一緒に見に来よう」

　和孝が、土手のずっと向こうまで並んでいる桜の木を指差す。まだ少し肌寒い三月の風に身をさらし、たくさんのつぼみたちが春を待っていた。


　東北新幹線と在来線を乗り継ぎ、白川の町の駅に到着した時には、もう陽が落ちていた。およそ八年ぶりに吸うその町の空気は、祐也を落ち着かない気持ちにさせた。

　改札を出ると、駅前に広がる静かな住宅街が、ほのかな街灯の光に照らされていた。かつて駅の斜向かいにあった生協ストアは、首都圏では見ない名前のコンビニチェーンに変わって

いる。駅に併設されている駐輪場には、見慣れない屋根がつけられている。薄れつつある記憶の中の風景とは少し違ったが、それでも、町の持つ面影は変わっていないと思った。

さっき列車に乗っていた時に、妹の貴子から来たメールには、『昼間に着いたから、一足先に英子の家におじゃましてるよ』とあった。亡くなった鳥居和孝の家に「お線香をあげに行こう」と言い出したのは貴子で、祐也がその返事をする前に、今夜泊まらせてもらう家を勝手に決めてしまったのも貴子だ。この町を出て行く時、二度と戻らないと兄が決意していたことなど、きっと妹は知らなかっただろう。

……いや。もしかしたら、貴子は知っているのかもしれない。ふと、そんな考えが祐也の頭をよぎった。

記憶を頼りに、西へ向かう道を進む。目的の家は、駅からそう遠くない。郵便局のある角を曲がると、赤い屋根の、周りより少し大きな家が見えてきた。表札の「平田」を確かめてから呼び鈴を鳴らすと、玄関の灯りがつき、ドアが開く。銀縁眼鏡の懐かしい顔が、祐也に笑顔を向けた。

よう、と祐也が声をかけると、正志は右手で握手するように祐也の手をつかみ、家の中へ招き入れた。そして、よく来た、と祐也の肩を軽く抱いた。

奥から「こんばんはー」と、正志の妹の英子が貴子を連れて現れた。兄たちと同様、貴子と英子も同級生で、三津谷家が白川町に住んでいた頃から仲が良い。

「祐也に連絡取れなくて困ってたら、英子が貴ちゃんに連絡してくれたんだよ」

「番号もアドレスも変えたから」

「正直さ、お前ともう会えないかと思ってた」

「……」

「卒業式終わったら、いつの間にか、祐也いなくなってるんだもんな」正志はそう言って笑ってから、少しだけ、記憶をたどるような切ない目をした。


二月に行われた練習会で、祐也は久々に和孝と会った。清英高校に進学を決め、受験勉強のなくなった祐也は、クラブチームを引退した後も地域の練習会に参加していたが、和孝は公立高校の試験が終わるまで練習に出てこなかったのだ。

もちろん中学校では顔を合わせたが、翠南でなく清英に進学することをチームの皆に告げてからは、仲間と気まずくなってしまい、和孝にいたっては祐也と口もきかなくなった。以前と変わらず話してくれるのは正志だけだ。そんな状況を想定していないわけではなかったが、裏切り者への風当たりは思っていた以上に強く、祐也の心には堪《こた》えた。

散々悩んで決めたことなので後悔はない。本気で上を目指すなら、全国大会に出られる可能性の高い清英高校に進むべきなのだ。

この町も、通り過ぎてく場所の一つ。

そう思えばいい。これまでだって、ずっとそうしてきた。事実、祐也は、今までに住んでいた町や友人のことを思い出して、感傷に浸ったりしたことはない。通り過ぎた場所を振り返らず、前に向かって生きてきた。けれど……。

ここは、今までと違うんじゃないか。この町で暮らした三年間は、これからもずっと忘れないんじゃないか。そんな心の声に耳をふさぐことは、どうしても出来なかった。

「祐也。ちょっと来いよ」

練習会の帰り道、声をかけられて振り向くと、和孝が無表情で立っていた。

白川町方面へ向かうバスに乗っている間は終始無言で、停留所で降りた後も、和孝は黙ってさっさと歩いた。仕方なくついていくと、川沿いの原っぱまで来て和孝は立ち止まった。二人が初めて会い、初めて一緒にサッカーをした場所だ。

「おめでとう」唐突に和孝が言った。

「清英、行くんだろ。合格おめでとうって、俺ずっと言ってなかったから」

「……ああ。ありがとう。お前も翠南受かったんだよな。おめでとう」

「馬鹿にしてんのか」

「してないよ」

首を振りながら祐也は言ったが、和孝はこちらをにらみつけていた。

「みんなで翠南のレギュラーとって、県大会で優勝出来たらいいな」

祐也は本心でそう言ったが、同時に心の中で、余計なことを言ってしまったと思った。案の定、和孝は、「優勝なんか出来るわけねえだろ」と怒気を含んだ目で吐き捨てた。もうどうでもよくなってきて、

「お前だって、もし声がかかってたら、もっと強い高校でやりたいと思うだろ」と言うと、

「思わねえよ」強い口調で和孝は言い切った。

かちんときた祐也は、「そうかよ」と和孝に背を向けて、土手の上の方へ歩き出した。祐也の背中を、「せいぜい頑張れよ。お前は、俺たちを捨てて出て行くんだからな」と、和孝の冷たい声が追いかけてきた。

「お前は、ここを捨てて出て行くんだからな」

その言葉は、祐也の胸に深々と突き刺さった。


卒業式の前日、祐也はたまたまそれを見つけてしまった。

放課後、担任教師と話し込んでいて、帰るのが遅くなっていた。教室に戻るともう誰もいなかったが、まだ学校に残っているのか、正志のかばんだけが彼の机に置かれていた。少しだけ口が開いていたので何気なく目をやると、サッカーボールが入っているのが見えた。黒のマジックペンで何か文字が書かれている。

予感のようなものがあり、祐也はそれを取り出した。果たしてボールの表面には、祐也に宛てた寄せ書きがびっしり並んでいた。「あっちでも頑張れ」「祐也とサッカーやれて楽しかったよ」「絶対、国立行け」それぞれのメッセージの下には、チームの仲間の名前がある。

きっと正志が、皆に呼びかけてくれた。たぶん、明日の卒業式の後で渡してくれるつもりなのだろう。熱いものがこみ上げてきそうになり、祐也はボールを置いた。

気持ちを落ちつけてから、もう一度球面を見る。そこに和孝の名前はなかった。

翌日卒業式に出た後、祐也は「早退します」と担任に告げて、教室に戻ることなく家に帰った。寄せ書きボールは受け取れないと思った。仲間を捨ててここを出て行く自分が、どんな顔をしてそれを受け取ればいいのかわからなかったのだ。

元々、仲間たちに別れの挨拶はしないつもりだった。父が一足先に、次の転勤先の静岡に行っていたので、高校の寮に入れるまでは、そこで春休みを過ごす予定だった。家に帰り、大きめのスポーツバッグ二つにまとめていた荷物を持つと、その日のうちに電車に乗った。

もうここには戻らない。窓に流れる白川の風景を見つめ、言い聞かせるようにそう思った。

プロになれたのは、運が良かったからだと祐也は思っている。

中学時代に清英高校の監督の目に留まったこと。高校で最初くすぶっていた頃、ポジションを変えてレギュラーを取れたこと。県大会準決勝で絶好調だった時、たまたまJリーグのスカウトが自分の活躍を見ていてくれたこと。

無論、友情を捨ててまで上を目指したからには、相応の努力をした。何人もの人間を蹴落として、競争に勝ってきた。けれども、華々しい実績や、第一戦でプレーし続ける確かな地力があるわけではない。幸運に恵まれていただけなのだ。プロ二年目で壁にぶち当たり、そのことを痛感した。最初のチームを三年でクビになってからは、もう再浮上出来なかった。その後、二つのチームに在籍したものの、どちらも一年で契約を打ち切られた。サッカー選手の平均選手寿命は、五年に満たない。ここまでよくもったとさえ思った。

追いかけるべき未来はもうない。心通い合わせる仲間も、帰るべき場所もない。自分が何も持っていないことに気付き、不安におびえ、都会での日々に身をひそめている夢の残骸が、今の自分という人間なのだと、祐也はわかっていた。

少年たちの活気に満ちた声が、グラウンド中に響いている。

祐也と貴子はベンチに並んで腰かけ、半年前まで和孝がコーチを務めていたという少年サッカーチームの練習を見ていた。和孝や正志たちが、小学生の頃に入っていたチームだ。四年生から六年生まで三十人ほどが、グラウンドを半分に分けて、それぞれで紅白戦をやっている。動きに勢いがあり、声もよく出ている。そして何より、ボールを追いかける彼らの目は嬉々と輝いていた。

すぐ近くにある鳥居家を、一時間ほど前に辞してきた。八ヶ月前に病気がわかってから、周りにはなるべく身体のことを隠してきたらしい。大学卒業後、県外で働いている正志も、和孝が亡くなるまで彼の病状を知らなかった。「意地っ張りの、あの子らしいでしょう」と、和孝の母は穏やかな声で言っていた。

正志は「祐也と貴ちゃんに、お土産買ってあったんだった」と言い、先ほど家に戻っていった。することもないので、和孝が「遺したもの」をこうして眺め、正志を待っている。

三人の少年たちが、祐也たちの方に近づいてきた。「あの。三津谷さんですか?」その中の一人が声をかけてくる。「そうだけど。なんで知ってるの?」祐也が貴子と顔を見合わせて聞き返すと、少年たちは「おぉー」と歓声をあげ、

「鳥居コーチが、三津谷選手の顔と名前教えてくれたんです」

「『うちの町からプロが出たんだぞー』って言ってました」

「試合の映像も見ましたよ」と口々に報告してきた。

祐也がまともに試合に出たのはプロ二年目までだったが、目の前の選手がすでに引退したことを知らないのか、少年たちは誇らしげな顔をしていた。

「良かったね。カズ君、お兄ちゃんのこと、ちゃんと見ててくれたんじゃん」

貴子がそう言って、ぽんと祐也の肩を叩く。

やはり貴子は知っていたのだと祐也は思った。和孝とケンカ別れしたきりだったことも、祐也が気まずい思いを抱えたまま、この町を出て行ったことも。


今ちょうど満開だから、花見をしないか。

家から電話してきた正志に言われ、祐也と貴子は川の方を目指して歩いた。東北の桜は四月上旬から中旬にかけて咲き始める。今日は日曜日なので、川の両岸のスペースには花見客の姿も見えるだろう。

川沿いの道に出た瞬間、祐也と貴子は息をのんだ。

土手の遥か向こう側まで列をなす、数十本もの桜の木々が、妖艶な薄桃色におおわれているのが見える。花たちはこぼれ落ちそうなほど大きく、優美に咲き誇っていた。

「……こんなに、きれいだったっけ」

「うん。……こんなに、きれいだったよ」

ゆっくりと記憶をたぐり寄せながら、祐也と貴子は言葉を交わした。この町に越してきた時のことを思い出す。

桜が咲いたら、また一緒に見に来よう。

そう和孝が提案した通り、四月の日曜に、三家族で花見をしたのだった。新顔の三津谷一家に対し、和孝の両親も正志の両親も温かく、皆でにぎやかな午後を過ごした。

「祐也」

声に振り向くと、正志が「お土産」と言って、サッカーボールをこちらへ軽く放った。

「それ、卒業式の後でお前に渡そうと思ってたボール。さっき思い出して倉庫探したら、ちゃんととってあった」

「これさ、卒業式の前の日、お前のかばんに入ってたの見ちゃったんだ」

寄せ書きのされたボールを見ながら、すまなそうに祐也が言うと、

「前の日か……」と正志はしばし思案したが、

「もう一回見てみろって。式の日の朝になってやっと書いた奴がいるから」と笑った。

貴子がボールを覗き込んで、「これじゃない？」と指で示す。そこには、あの時祐也が見なかった、新しい言葉が書き加えられていた。

『ここがお前の故郷だ　いつでも待ってる』

力強い字体で書かれたそれは、八年越しで届いた和孝からのメッセージだった。

「高校の頃な、お前に謝りたいってよく言ってたよ、あいつ」正志が言った。「お前らが、もう一回会えたら良かったのにな」彼の目に、光るものが見えた気がした。

ここがお前の故郷だ。いつでも待ってる。

懐かしい声が、風の中に聞こえる。あたたかな感情が、心を満たしていく。その言葉が、抜け殻のような自分にどれほどの救いをもたらしてくれたのか、亡き友に伝えたかった。

なあ、和孝。この町が俺の故郷なんだな。帰ってきてもいい場所なんだな。

壮麗な桜並木と、変わらない川の流れを前にして、祐也は、生まれて初めての安らぎに身を包まれていた。

ともだちだから

陽もすっかり高くなってからのろのろと布団から起き出すと、大石繁造《しげぞう》は廊下に出てゆっくりと伸びをした。日当りのいい広々とした庭に面したガラス戸を少し開けると、澄んだ空気が一気にすべり込んでくる。ところ狭しと並んだ植木が、真っ青な空に緑の葉を茂らせている。

「そろそろ剪定《せんてい》してやりたいんだが……」

右の腰のあたりを何度もさする。痛みはまだあるが、今日はなんとか歩けるまでに回復したようだ。しかし気がかりなのは右手だ。しびれたような感覚がまだ消えない。電話が鳴っているのに気づき、繁造はあわてて部屋に戻った。受話器を取ると一人息子の太一の、早口な声が耳に飛び込んでくる。

「もしもし親父？　どう？　腰の調子」

「ああ、今日はまあ、なんとか起き上がれるし、もう大丈夫だよ」

太一は外からかけているらしく、街の雑踏が耳ざわりで、繁造は受話器を持ちかえた。

「この前話してた、こっちに来る件、考えてくれた？　こっちは広いマンションに住みかえるんだから物件探しもあるし、洋子ももうそのつもりでいろいろ準備してるから」

「ああそうだな、もうちょっと仕事の整理がついたらな」

答える繁造の声をさえぎるように太一が言う。

「そんな高い所から落ちて仕事でもないさ。もう植木屋は無理だよ。高い所はもうだめ、いいね？」

繁造の答えを待たずに電話は切れた。受話器を置くと、持っていた右手に痛みが走る。繁造は一つため息をついてまたゆっくりと廊下に戻った。繁造の姿を見つけて植木の向こう側からゆっくりと、マキが近づいて来るのが見える。マキは茶色の日本犬の雑種でもう十歳を超えた雄の老犬だ。繁造にとっては長年の、そして唯一のパートナーでもある。ここ数日、腰が痛んで散歩にも連れて行ってやれなかったが、今日はなんとか少し行ってやるかなと、繁造は大きくガラス戸を開けた。マキなどと呼ぶとよく人から雌かと思われるのだが、マキという名は植木の、イヌマキの木から取った。

繁造は腕のいい植木職人だった。まだ元気で仕事をバリバリしていた頃、植木の剪定に行った寺に大きく姿のいいイヌマキの木があった。その寺に子犬が何匹もいて、境内で勝手に生まれていたのだと住職が困った顔で言った。犬の一匹ぐらいいてもいいかと、寺からもらってきたのがマキだ。子犬のマキは兄弟と一緒にその大きなイヌマキの木の周りを走り回って遊んでいたが、マキだけが脚立に乗って剪定をしている繁造の顔を見上げ、脚立に前足をかけて「ワン」と一声鳴いたのだ。それが「連れて帰ってください」と言っているようで、繁造はその子犬をすぐに気に入ったのだった。

その頃の繁造の家は、若い植木職人が何人も出入りして活気に満ちていた。太一が独立してからの夫婦二人きりの生活に寂しさはあったが、若い者に仕事を教えながら、いくつもの仕事場を掛け持ちして飛び回る毎日だった。しかし繁造を手伝って仕事を切り盛りしていた和枝が心筋梗塞であっけなく亡くなってしまうと、繁造はすっかり仕事への意欲をなくしてしまった。

繁造はその日、仕事が午前中で終わり家に帰ろうとしていたのだが、仕事仲間に誘われ午後から飲みに行ってしまった。仲間の手前、なんとなく和枝に電話もできないままだった。夕方、繁造が上機嫌で家に帰ると、和枝は台所でうずくまるような姿勢で倒れていた。急いで抱き起こし名前を呼んだが、和枝はもう息をしていなかった。食卓の上にはすっかり冷めた味噌汁と焼き魚が並んでいた。和枝は昼食の支度をして待っていてくれたのだ。和枝の体を抱いて救急車を待ちながら、繁造は我が身を責め続けた。食べに帰っていれば和枝は助かったかもしれない。せめて電話していれば、何か事態は違っていたかもしれない。

それからしばらく布団から起き上がることもできなくなった繁造を、なぐさめたのはマキだった。マキはまだ一歳を少し過ぎたくらいだったろうか、散歩用の長い紐をくわえて来ては、ガラス戸を前足で引っ掻いて繁造を呼んだ。毎朝繁造が仕事に出かけて行ったあと、和枝がマキを散歩に連れて行っていたらしく、マキはそのくらいの時間になると必ずガラス戸を引っ掻くのだった。

「おい、もうかあちゃんはいないんだよ」

繁造が叱るように言うとマキは首をかしげて繁造をしばらく見ていたが、クンクンと鳴いてまた引っ掻いた。毎日毎日時間になればそれを繰り返し、何日たってもあきらめようとはしない。数日が過ぎて、あまりのしつこさについに繁造は起き上がった。仕方なく何日も寝ていたままの恰好で外に出ると、五月の明るい日差しが繁造に降り注いだ。子犬のマキを連れて帰って来たのも五月くらいではなかったか。かわいいムクムクの子犬を見たときの、和枝の嬉しそうな顔がよみがえる。あれから一年がたったのだ。和枝がそばにいないことがまだ信じられなかった。

久しぶりの散歩に飛び跳ねるように歩くマキは、繁造を振り返ってはまたグイグイと紐を引っ張り、いつもの散歩のコースを迷いもせずに歩いて行く。和枝が決めていつも同じ道を通っていたのだろう。繁造は一度も同行したことがなかったため、まるでマキに和枝の決めたコースを教えてもらっているように思えた。和枝が歩いた道をマキと一緒に歩く。和枝は毎日こんな景色を見ていたのかと立ち止まると、マキが繁造に駆け寄ってきてはまた先へと引っ張る。もっともっと先へ進もうと言っているようだ。

「そうだな、元気を出さんといかんなあ。かあちゃんが、お前にわしを連れ出すように言うとるんだな」

繁造はマキに引っ張られ、毎日少しずつ元気になった。

それから何年も繁造はマキと暮らしてきた。マキはめったに吠えない優しい犬で、繁造が縁側で一人酒を飲んでいるような夜も、静かに傍らに来てじっと座っていた。そばにマキがいることで繁造はどれだけなぐさめられただろうか。

「かあちゃん……」

時おり空に向かって呼びかけるような夜も、マキはじっと繁造の声を聞いていた。マキにとっても和枝は大好きな人だったに違いなく、繁造はその寂しさをマキと分かち合えているような気がしていた。

年を取るにつれ、仕事もだんだん減ってはいたが、昔からのなじみの家を回ってきちんとこなしてきた。ところが先週、繁造は脚立から落ちて腰を打つという大失態をしでかしてしまった。骨折はしていなかったが、長年乗り慣れている脚立から落ちたことは、繁造にとって大きなショックだった。

「もう歳なのかなあ……」

昨夜も縁側で少しだけ酒を飲み、繁造はマキに話しかけた。マキもこの頃はすっかり年老いて、繁造の横で先に眠ってしまうことが多い。昨夜も繁造の問いかけに、マキはちょっと顔を上げ、二、三度耳を動かしただけだった。

「腰が痛いんだからあんまり引っ張るなよ」

しびれる右手でなんとか散歩用の長い紐をマキにつけようとしたとき、首輪に何かがくくりつけられているのに繁造は気がついた。それはノートのような紙を細く何度も折りたたんだものので、結び目が緩んで落ちてしまいそうになっていた。そっとほどいて、破らないように慎重に折り目を伸ばすと、そこには字の大きさも不揃いな、つたないひらがなが並んでいた。

「かいぬしさま、ぼくのうちにまいにちこの犬がきます。ぼくのうちのジャックとあそびます。ぼくは、あそびにくるのはおうちがさびしいからとおもいます。あそんであげて」

繁造は何度もその手紙を読み返し、それからマキを見た。

「お前、どこかへ毎日行っとるのか？」

マキは知らん顔で繁造の足もとに座っている。

「ここしばらく起き上がれなかったからなあ……お前、人様のうちに迷惑かけとるんじゃなかろうな？」

繁造は少し気になって手紙を裏返した。そこには住所らしいものが書かれてあった。

「きたおおさわ　2の2　さとういつき」

「近くだから、ちょっとのぞいてみるか……」

腰に気を付けてゆっくりと歩きだすと、マキはいつものコースを行こうとする。繁造は紐を引っ張ってこの手紙の住所の方向へ歩き出した。マキは初め不思議そうな顔をしたが、繁造が歩き出すと、「ああ、こっちか」という風にまたすぐ前に立ってスタスタと歩き出した。明らかに目的地があるような歩き方だ。やがて一軒の新しい建売住宅の前でマキが繁造を振り返った。繁造が番地を確かめると、そこが手紙の住所の家だった。

そのあたりはまだ新しい住宅地で、しゃれた一戸建ての家がたくさん並んでいた。どの家も少しだけ色やデザインの違う建て方がされており、それぞれの家のわきに小さな庭がついていた。都心から一戸建ての家を手に入れて住み始めた家族が多いのだろう。どの家の庭も丁寧に芝生が敷き詰められ、シンボルツリーが元気に枝を伸ばし、丹精込めた季節の花が咲き乱れている。

その中で一軒だけ、庭の手入れがほとんどされていない家があった。芝生は敷かれていたが雑草が伸びたままで、木も花も無く、芝生のかたすみに赤い屋根の小さな犬小屋があるだけだった。

その家の庭に、マキが慣れた様子で入って行く。しかし今日は紐がついているため繁造に思い切り引っ張られて、マキは驚いた風に繁造の前へすごすごと戻って来た。

「お前、ここへ出入りしとるんだな？」

クイーンとマキが鼻を鳴らす。勝手に出歩いて少しは反省しているということか？　繁造はそっと生垣の間から庭と家の中をのぞき込んだ。だがやはり他人の家をのぞくのは気持ちのいいものではない。この手紙を書いた子供はどこにいるのだろう。

その時犬小屋の方から小さな茶色い犬が一目散にこちらへ走って来た。今どき流行りの小型犬だが毛並みはボサボサで、落ち葉や草があちこちにからみついている。生垣越しにマキも尻尾を思い切り振って、クンクンと鼻を鳴らした。繁造はそのあまりのうれしそうな様子に戸惑ったが、手紙によるとこの犬たちはいつも仲良く遊んでいるらしい。繁造はもう一度家の中をのぞき込み、ほんのしばらくの間なら大丈夫だろうと、マキの紐をはずした。

草ぼうぼうの芝生の上で、小型犬とマキはうれしそうにじゃれ合っている。すっかり老犬になり、いつも家では寝ているマキがこんなにはしゃいでいるのを見て繁造は驚いたが、同時にうれしい気持ちになった。マキはまだこんなに元気だ。自分も腰が治ればまた仕事に出られるかもしれない。右手のしびれも治るかもしれない。

突然ガラスサッシを勢いよく開ける音がして、小さな男の子が犬に声をかけた。

「ジャック、ただいま！」

繁造は思わず生垣の陰に身を隠した。男の子が身体よりも大きいくらいのランドセルを背負ったままで庭に飛び降りると、ジャックと呼ばれたその犬も、マキも、うれしそうにその子に跳びついている。見るとビーフジャーキーのようなおやつもちゃっかりもらっていた。

「あいつめ、うちにはないうまい物をもらっていたな」

繁造が苦笑いして見ていると、ランドセルを放り出して男の子がマキの首輪を調べている。

「ねえ、お手紙、おうちの人に見てもらった？」

あの子が手紙の主だ。間違いない。繁造は思い切って立ち上がると、生垣の間から声をかけた。

「あのう、お邪魔しますよ、僕、手紙をくれた子かなあ」

男の子は一瞬驚いた顔をしたが、すぐに繁造に問い返してきた。

「おじいちゃん、この犬の飼い主なの？」

「ああ、そうだよ。この犬はマキというんだ。いろいろお世話になって、ありがとう」

繁造は丁寧に頭を下げた。男の子はちょっと照れたように笑って、

「いいんだ、ジャックの友達だから。友達の所へ誰でも、遊びに来たいんだよ」

と言いながら繁造のいる生垣まで走って来た。マキとジャックもついて来る。

「僕は何年生だ?」

「一年生!」

男の子は元気よく答えた。

「僕も友達と遊ぶんだろう?」

繁造がなにげなく聞くと、男の子はちょっとさびしそうな顔をして繁造を見上げて言った。

「僕、一年生になる時引っ越してきたから、まだあんまり友達がいないんだ」

「友達なんてじきにできるさ。ほら、そこいら辺の公園へでも、遊びに行けばいいだろう?」

繁造が言うと、男の子はしょんぼりと言った。

「うん、行きたいんだけど、ママが学校から帰って来たら家にいなさいって言うんだ。パパもママも引っ越してからお仕事が遠くなったから、帰って来るのが遅くなったの。ママが電話してきたとき、僕が家にいないと心配なんだって」

状況から察すると、この子の両親は共働きでここに一戸建てを買ったのだろう。マイホームと引き換えに、今まで住んでいた場所より職場が遠くなったのだろう。

「そうか、さびしくなっちゃったのか……」

繁造の言葉に男の子は笑って言った。

「だけど仕方ないの。僕はすごーく犬が飼いたかったし、ママはお庭にお花を植えたかったし……お庭はまだ、ママが忙しくてできてないんだけど……」

そう言って男の子は庭を振り返った。なるほどと繁造は思った。

「だから僕が友達と遊ぶより先に、ジャックに友達ができたんだよ」

それから男の子は急に、きちんと気をつけの姿勢をして言った。

「僕は佐藤樹《いつき》です。おじいちゃんは何ていうの？」

繁造も同じように気をつけをして言った。

「ああ、わしは大石繁造です。その、ちょっと行った先の、古い家に住んでてな、植木屋なんだよ」

「植木屋？」

「ああ、庭をきれいにする仕事だ。木の手入れもする」

樹の目が輝いた。にっこり笑ってまた繁造を見上げて言った。

「ジャックとマキみたいに、僕たちも友達だよね」

またマキに紐をつけ、家に向かって歩きながら、繁造は樹の言葉を思い出していた。

「友達か……小さな子供とこんなじいさんが友達とはな。だがお前らもずいぶん歳が離れているものな」

マキは繁造を見もせずに前をスタスタと歩いて行く。それにしてもマキが勝手に繁造も知らない家に出入りしていたことが可笑しかった。なかなか散歩に連れて行ってもらえない日が続いて、マキもさびしかったのだろう。自分で友達を探しに行くとはな、と繁造は笑った。

簡単な夕食を済ますと、繁造は縁側に出て少し酒を飲んだ。今夜は月が明るい。久々に気分が良かった。しかし酒を注ぐ右手がガタガタと震え、痛みが走る。そんなはずはない、これからだって植木屋をやっていけるはずだと繁造は思った。試してみようじゃないかという気持ちになって繁造は庭に下り、剪定ばさみを手に取った。なにごとかとマキが繁造に寄り添う。

縁側のすぐ近くに、白いこでまりの花がたくさん咲いている。和枝はこでまりの花が好きで、よく玄関先や茶の間にも、季節になるとこの花を生けていた。繁造は剪定ばさみでこでまりを幾枝か切ってみた。だが細い枝でさえうまく切れない。右手は思った以上に動かなかった。はさみがうまく操《あやつ》れず落としてしまいそうになる。白い花びらがこぼれ落ちる。わずかの間に繁造はじっとりと汗をかいた。そんなはずはないと焦れば焦るほど、しびれと痛みでうまくいかない。とうとう繁造はその場にひざをついてしゃがみこんだ。大したこともしていないのに、息が上がるのが情けなかった。月の光に照らされて、飛び散った花びらが繁造の周りで白く光っている。マキが繁造にすり寄るようにして座った。繁造は体を庭に投げ出して、大の字になり空を仰いだ。もうやけくそのような気持ちだった。

「かあちゃん、やっぱりダメらしい。わし、もうやめようかなあ……くたびれたよ」

マキの体を抱いて繁造はつぶやいた。

「かあちゃん、この前から太一たちがなあ、一緒に住もうと言ってくれとるんだ。この家、手放しても構わんかい？」

ザワザワと植木が風に鳴った。丸い明るい月の中で、和枝が「もうじゅうぶんよ」と笑ってくれたように見えた。

「だがな、かあちゃん」

繁造はゆっくりと起き上がった。

「最後にちょこっと、やりたい仕事があるんだ。それだけやれるよう、応援してくれるかい」

月を見上げてマキも、クイーンと鼻を鳴らした。


太一にそちらへ世話になろうと思うと返事をすると、数日後にはもう、新しいマンションを決めたらしかった。かけてきた電話で太一と嫁の洋子がかわるがわるマンションの説明をしてくれる。繁造がマンションに出した条件は一つだけ、「犬も一緒に住めるところ」ということだったが、そのマンションはペットは大丈夫なうえ、部屋にはルーフバルコニーがあるから犬小屋も置けるとのことだった。「来てくださるのを待ってますよ」という洋子の優しい言葉もうれしかった。

長年住んだこの古い家と、仕事にも使う植木のたくさんある庭、そんなものがいくらで売れるのかはわからなかったが、この辺りは家が増えて樹の家族のような都心から来た人々が住むようになっており、太一の様子だと不動産屋の査定は悪くないらしかった。植木は昔なじみの同業者がほとんど引き取ってくれることになった。引っ越しの日も決まった。いろいろなことがどんどんと決まっていくと、繁造もそれなりに覚悟ができた。仏壇にこでまりの花をふんだんに差して和枝に報告をする。そろそろ樹が学校から戻る時間だ。和枝に「行ってくるよ」と言って、繁造とマキは樹の家へ向かった。

あれから繁造は、またマキを樹の家へ勝手に行かせるわけにもいかず、かと言ってせっかく仲良くなった犬たちを遊ばせてやりたい気持ちもあり、ほぼ日課のように散歩がてら樹の家へ連れて行っていた。あの日、樹が言った「友達だから」という言葉が胸に暖かい灯をともしているようで、繁造の足も自然と樹の家へ向くのだった。

樹とジャックも毎日繁造とマキを待っていてくれた。近所に怪しまれないように気を遣いながら庭に入る。そして今日、繁造には大切なやるべきことがあった。

樹の家の庭の様子をしっかりと記憶する。植木は何本くらい入りそうか、花壇はどこに作ろうか、花の種類はどうしようかと考える。勝手に無断で人の庭に入り仕事をすることなど、本当ならやるはずもない。しかし自分はもうここからいなくなるのだ。この庭をなんとかしたい。繁造は樹に言った。

「じいちゃんな、ここをきれいにしたいんだ。だけどママをびっくりさせたい。やるのは今度の金曜日、朝から日が暮れるまでだ。誰にも言わないって約束できるか？」

樹は繁造の言葉に黙ってうなずいた。そして今どきの子供らしいことを聞いて来た。

「おじいちゃん、だけどおじいちゃんは植木屋さんのプロなんでしょう？　僕お金を払わなきゃだめでしょう？」

繁造は言った。

「お金はいらない。無料だ」

「どうして？」

と聞く樹に繁造は答えた。

「どうしてかって言うと、それは、友達だからだ」

樹が笑ってうなずいた。

「友達だね」

繁造も笑って答えた。

「そうだ、友達だ。友達は秘密を守る。それから、どんなに遠く離れても、友達はずっと友達なんだ」

金曜日、繁造はひさしぶりに軽トラを運転し、朝から樹の家へ向かった。両親も樹も家を出て行った時刻から作業を始めた。ジャックとマキがうれしそうにじゃれ合う。雑草を引き、石や砂利を配置する。化壇の土を耕して肥料を混ぜ、花を植える。あらかじめプランターに仕込んできた色とりどりの花も配置していく。ジャックが跳び込めない高さの柵を作り、十分に庭一面に水を撒く。そして家から選んで持って来た木を植え、根元に肥料をまき、気持ちを込めて剪定した。繁造は今日のために、はさみを操れるよう毎日練習してきた。まだまだ不十分だが、その分左手でも練習した。その甲斐あってなんとか枝ぶりを整えることはできた。

その時、隣の家の主婦らしい女性が生垣越しに顔を出して話しかけてきた。

「あら、やっとお庭、できましたのね。佐藤さん、お忙しそうでほんとは心配してたんです。まあ、どこからどこまできれいに仕上がってすてきだわ。見違えました」

繁造は焦ったが、ここでぼろを出すわけにはいかない。

「ええ、今日中に仕上げるように申し付かってましてね……」

「ごくろうさま」

隣家の主婦はそれだけで引っ込んだ。ぐずぐずしてはいられない。生垣の手入れもそうじも残っている。そこへ樹が戻って来た。

「わあ！　おじいちゃん、すごいよ！」

樹の喜びように疲れも痛みも吹っ飛んだ。はさみを右手に左手に持ち替え、足を引きずり、腰をさすりながらの作業だった。だがこれが最後の仕事だと思うと、明日ぶっ倒れてもいいいと思えた。それがこの小さな、さびしい友達へのプレゼントになることがなによりうれしかった。

だいぶ陽が傾いて薄暗くなってきた。そろそろ片づけて帰ろう。繁造は樹と芝生に座り、最後の仕事となった小さな庭を見回した。すぐ横にうちから株分けして植えたばかりのこでまりが、ふんだんに花をつけている。その向こうに植えた青々とした葉をつけた若木は、イヌマキの木だ。

「パパもママもきっとびっくりするよ。それにおじいちゃんにきっと、お礼を言いたいと思うんだ。三人でおじいちゃんの家に行くよ。僕、行き方わかると思うんだ。そうだ、マキに迎えに来てもらってもいいよ。マキがつれて行ってくれるよ、ね、おじいちゃん」

繁造は胸がいっぱいになった。その頃にはもう自分もマキも、あの家にはいない。繁造は短く答えた。

「ああ、それならここへ、手紙を書いてくれるか」

繁造は持って来た小さな封筒を樹に手渡した。

「これから何か、わしに言いたいことがあったら、何でも書いてここへ送りなさい。字をしっかり勉強してな」

コクリと樹がうなずき、封筒の中の住所を見る。

「これがおじいちゃんの家の住所なんだね」

そこには新しい都心のマンションの住所を書いておいた。樹の両親に、勝手なことをして申し訳ない、大きな植木も石も入れなかったから、気に入らなかったらすぐに変えられる庭だということ、それからこれが植木屋としての、自分の最後の仕事であることを書いておいた。そして、昨夜、繁造はさんざん迷ったのだが、樹はさびしがっている、もう少し一緒にいてやってほしい、友達と遊ばせてやってほしいと書いた。もういなくなるのだから、大きなお世話だと思われようが、嫌なじいさんだと思われようが構わないという気持ちになれた。

すっかり日が暮れて、庭は真っ暗になった。リビングのカーテンを閉めておけば、樹の両親は今夜のうちは、庭の変化に気づかないだろう。いつもはバイバイと別れる樹だが、今夜は生垣の外までついて来て、軽トラに乗り込むマキと繁造を見送ってくれた。

「じゃあ　元気でな」

繁造が笑って言うと、樹はジャックを抱いてまたコクリとうなずいた。マキとジャックがクイーンと鼻を鳴らす。繁造はもう一度樹の顔を見て、それからゆっくりと軽トラを発進させた。

引っ越してきた都心のマンションは、思った以上に広く快適だ。大きな窓のある日当りのいいリビングルーム。都心の十二階の部屋からの眺めは絶景だ。繁造の足もとにはマキがいびきをかいてぐっすり眠っている。繁造はさっきポストに届いた待ちに待った手紙をゆっくりと開いた。まだまだつたない樹のひらがなが並ぶ。

「おじいちゃん、つぎのひ、パパもママもびっくりでした。だれかがまちがえてうちのにわをきれいにしちゃったと、ママはさけびました。だからぼくはせつめいしてあげました。ぼくのともだちがしてくれたよって。

ぼくがじゅうしょをみせたけど、とおくだからちがうとパパがいいました。だけどパパがおじいちゃんのいえがわかるといって、ジャックをつれてふるいいえにいきました。だれもいなくて、マキもいなくて、ぼくはさびしくて、なきました。

だけどママがてがみをよんで、ママはもっとちかいところではたらくっていいました。だからぼく、こうえんにいってもいいんだよ。けんちゃんとこうちゃんはきのう、ぼくのいえにきました。ぼくね、ともだちができたよ。

おじいちゃん、マキ、ぼくはまたてがみをかきます。だってぼくたちは、とおくにいても、ずっとともだちだから」

繁造は手紙を何度も読み返した。遠く離れてしまったけれど、和枝と暮らしたあの町には友達がいる。和枝の愛したこでまりの花も、マキのあそんだイヌマキの木も、毎年あの家で花を咲かせ、緑の若葉を茂らせてくれることだろう。自分はあの家の、あの小さな庭の植木屋なのだ。遠く離れても、これからもずっとそうだ。

マキがジャックの夢でも見ているのか、耳を動かしてクイーンと鼻を鳴らした。

渡瀬さんの後悔

「大学に入ったら、バイトしてね。うちは学費だけで精いっぱいだから」

母にそう言われた一輝《かずき》が見つけたのが、『配送中、助手席に座るだけのお仕事です』というアルバイトだった。母は「アンタ、すぐに車酔いするのに大丈夫?」と心配していたが、悪くない時給に飛びついたのだ。

本当に座るだけとは思っていなかったが、安東《あんどう》運送での仕事内容はバイト情報誌に書かれていた通りだった。違法駐車の取り締まりが厳しくなり、配送業者も容赦なく摘発されるため、その対策として免許を持っている一輝たちアルバイトが助手席に座る。

ドライバーと助手の組み合わせはいつもほとんど同じだ。一輝の担当ドライバーは五十二歳の渡瀬さんという男性だった。

父と同い年の渡瀬さんが担当だと知った時、一輝は正直イヤだなと思った。父は一輝の顔を見れば、「後悔しないようにしっかり勉強しろ」とか「後悔しないように将来のことを考えて専攻を選べ」などと説教をする。痩せぎすの父と対照的に丸っこい体型だけど、きっと渡瀬さんもそういう説教くさいオヤジなんじゃないかと思ったのだ。けれど、渡瀬さんはいつもニコニコしていて穏やかで、一日トラックに乗っていても苦痛ではなかった。

それでもアルバイト初日は渡瀬さんがどういう人かわからず、一輝はガチガチに緊張していた。渡瀬さんはドライバーの中では最年長で、この会社を起こした安東社長の義理の弟さんだと紹介されてさらに緊張した。

ミスがないようにと気負った一輝は、車酔いしやすいタチだということを忘れ、運転中に地図や伝票を見たり、下を向いてメモを取っていたために気持ちが悪くなってしまった。渡瀬さんはかなりの軒数を任されていて、毎日時間との戦いなのだと社長から聞いていたから、車を停めてください、とは言いだせなかった。

無口になった一輝の様子に気づいて、渡瀬さんが車を停めて降ろしてくれた途端、一輝は渡瀬さんに向かって嘔吐してしまった。渡瀬さんのズボンを派手に汚してしまい、泣きそうな顔で謝る一輝にイヤな顔もせず、「こっちこそ悪かったね。もっと早く柴崎くんの様子に気付いてあげればよかった」と逆に謝ってくれた。

渡瀬さんは運転席でサッとズボンを脱ぐと、「この格好で荷物を届けたら通報されてしまうから、協力頼むよ」と笑顔を向けた。途中のコインランドリーでズボンを洗っている間、渡瀬さんがトランクス姿で運転し、一輝が荷物を届けることになった。渡瀬さんは一輝に伝票と荷物の突き合わせの方法、荷物を手渡す時の注意を丁寧に教えてくれた。

「焦らなくても大丈夫。言い方なんかも多少失敗してもいいから。大切な荷物をお預かりしてきたっていう気持ちだけは忘れないようにね」という言葉に励まされ、一輝は残りの十五軒を回りきった。

きれいになったズボンを穿《は》いた渡瀬さんと事務所に戻ると、「ワタさん、いつもより遅かったね」と安東社長に声をかけられた。「僕のせいで」と言いかけた一輝を遮り、渡瀬さんは「五《ご》・十日《とうび》だからでしょうね。道がチョコチョコ混んでました」と涼しい顔で応じた。

帰り際、「本当にすみませんでした」と謝った一輝に、「言っただろう、私のミスでもあるんだって。それに失敗は誰にでもある。この仕事を嫌いにならないで続けてくれよ」と笑った。

それ以来、一輝は渡瀬さんのファンになった。将来、どういう仕事についても父親のような口うるさい人間ではなく渡瀬さんみたいな大人に、先輩に、上司になりたいと思っている。

そう言うと、渡瀬さんは困ったような顔で目を逸らせながら、「説教してくれるお父さんのほうが立派だと思うよ。後悔しないように行動するのは大事だからね」と呟いた。偉ぶらない謙虚な渡瀬さんを、一輝はさらに好きになった。

一輝がバイトを続けられたのは、担当ドライバーが渡瀬さんだという以外に、もうひとつ理由があった。集荷でいくケーキ屋さんに、気になる人がいるのだ。

『ケーキハウス・タザキ』は地元でも人気のケーキ屋さんだったが、情報誌で紹介されて以来、毎日のように地方発送の荷物が出る。一輝は発送手配を担当する多田愛美《まなみ》と会うたびに、化粧をしていない白い肌に浮くソバカスがかわいいと見とれてしまう。

食事やお茶に誘うような勇気はないから、「お願いします」「八個ですね」という事務的な会話しかなく、愛美が五歳年上だという情報を聞き出すだけで精いっぱいだった。

一輝が『ケーキハウス・タザキ』に着く前だけソワソワして、髪の乱れや口臭を気にするから、渡瀬さんも一輝の気持ちに気付いているらしい。基本的に集荷や配達はドライバーが行くはずなのに、この店だけはずっと一輝に行かせてくれる。

ろくに話していないのに一輝が期待してしまうのは、パウンドケーキやクッキーの箱を台車に載せた一輝が店の裏口から十メートルほど先に止めた配送トラックに戻るまで、いつも愛美が見送ってくれるからだ。思わず手を振ると、愛美は困ったような顔で俯いて店に入ってしまう。脈はないのかと落ち込んでいたら、「試作品のクッキーなんです。ドライバーの方とどうぞ」と小さな包みをくれたりするから、また期待してしまう。

渡瀬さんは一輝が差し出したクッキーを一口かじると、ものすごく難しい顔で「美味いね……」と呟いた。まるで不味《まず》いものを食べているような顔に、甘いものは苦手なのかなと思ったが、渡瀬さんはクッキーを大事に大事に食べていた。

愛美にクッキーのお礼を言ったら、「あの、ドライバーの方は……他の方は何かおっしゃってました？」と聞き返された。試作品だから、たくさんの感想を聞きたいんだな。そう思った一輝は力強く、「もちろん、美味しいって言ってましたよ」と言った。愛美の、ホッとしたような笑顔が眩しかった。


その日、一輝は午前中の講義が終わるとすぐに、安東運送へ向かった。コンビニで買った弁当をさげてドアを開けたとたん、「うるっせぇんだよ！　アンタだって前科持ちじゃねぇか！えらそうに言うな！」と大声が飛んできた。

バイト仲間でも評判のよくない鈴木という男が渡瀬さんを睨みつけていて、一輝は思わず立ちすくんだ。

一瞬シンとした事務所内だったけれど、社長の奥さんが営業の電話をかけ始めると、いつものザワザワした雰囲気が戻ってきた。

前科持ち。渡瀬さんにそぐわない言葉がトゲのように胸に残る。普段はテレビでしか聞かない言葉に緊張しながら、一輝は休憩室に入った。ドアを閉めようとした瞬間、渡瀬さんが困ったように俯くのが見えた。

休憩室にも騒動は聞こえていたらしい。一輝が空いている椅子に座ると、社員の一人が「最低だな、鈴木のヤロー」と吐き捨てた。「ワタさんのこと言うより前に、てめぇは盗んだ金返せってんだよな」

「証拠がないし、やってないって言うからって、社長も甘いよな」と別の社員も相槌を打つ。

鈴木には以前から悪い噂があった。同じ時間に休憩室にいたバイト仲間や社員が席を外した一瞬のすきをついて、サイフからお札が抜かれる。その犯人が鈴木だと思われていた。一緒に組んだドライバーが配達に行っている間に、座席の下に隠していたサイフからお札を抜かれたこともあったらしい。全部を盗まず、お札を一枚だけ抜き、「そっちの思い違いじゃないですか」と言い張るからタチが悪い。配達中も助手席で寝ているだけど、「アイツと組みたくない」と訴えるドライバーが多く、何度も担当するドライバーが変更になった。

さすがに見かねた社長が、昨日から渡瀬さんと組ませていた。鈴木のようなタチのよくないバイトや、個性が強すぎてドライバーの指示を聞かないバイトは最終的に渡瀬さんの車に乗せられる。渡瀬さんがダメと判断したら、そのアルバイトはクビだ。社長は、義理の弟である渡瀬さんの判断を全面的に信じているのだ。

その渡瀬さんが前科者。聞こえていたはずなのに、社員たちはそのことには一切触れない。渡瀬さんは何をしたんだろう。

一輝は弁当の唐揚げを咀嚼しながら、彼の温厚な顔を思い浮かべる。試しに渡瀬さんが人を殴っているところを想像しようと思ったけれど無理だった。傷害や殺人といった犯罪とも無縁そうに思えた。交通事故を起こした人は採用しないというのが社長の方針だから、それでもないだろう。

社長が休憩室に顔を覗かせた。鈴木は辞めたと手短に告げ、「というわけで、柴崎くん。今日はいつも通り、午後から渡瀬さん担当な」と言った。返事が一瞬遅れたのは、前科者という言葉がひっかかっていたからだ。

渡瀬さんも、一輝がさっきのやりとりを聞いていたことは知っている。いつもと同じようにしていられるだろうか。憂鬱になりながら倉庫に行くと、渡瀬さんは黙々と積み込み作業をしていた。「柴崎くん、今日もよろしくね」と笑顔さえ向けてくれる。

どうしよう、本人に聞いてみようか。それとも後で社長にコッソリ聞こうか。トラックに乗ってからも迷っていたら、信号待ちで停まった時に渡瀬さんのほうから「さっき、鈴木くんが言ってたこと、気になってるんだね?」と聞いてきた。渡瀬さんはなんでもお見通しなのだ。

一輝は黙って頷いた。

「そうだな、柴崎くんにも話しておかないといけないよね——」

渡瀬さんはハンドルを握りながら、静かに話し始めた。

私はね、とんでもない、ダメ人間だったんだよ。サボったり、時間を守らなくて仕事が続かない。女房が働いているのをいいことに酒を飲んで競馬ばっかりしていたから、娘は「お父さんは競馬場で働いてる」って思っていたぐらいだった。ある日とうとう、女房に「このまま私と一緒にいると、アンタはダメ人間で終わるから」と離婚されてしまったんだ。家を追い出されて一人で生活して初めて、やっぱり妻と娘と一緒にいたいと強く思った。仕事ではダメ人間だったけど、子煩悩な父親だったんだよ。

元の三人家族に戻るために職を探そうとしたけど、いい加減に働いてきたせいで雇ってくれるところはなくて、日雇いで何とか食いつなぐ状態だった。でも、月に一度娘と会ってもいいっていう約束ができててね。その日だけを楽しみに生きてたな――。

もう十四年も前になるかな。小学三年生の娘はピアノを習ってたんだ。ひとつぐらいなら習い事に行かせられるけど、ピアノを買うほどの余裕はない。女房は練習用にキーボードを買い与えたけど、やっぱりピアノの鍵盤とは感覚が違うらしいね。

月に一度の面会日に楽器店の前を通りがかった時、娘は展示してあるピカピカのピアノを見て、「いいなぁ、ピアノほしいなぁ」って呟いたんだ。

ちょうど、その前の月に発表会があってね。女房に頼んで一緒に聴きに行って……こんなに弾《ひ》けるうちの娘は天才だって興奮したんだ。女房には「親バカね」って呆れられたけど本当にそう思った。ちゃんとしたピアノで練習したら、もっともっとうまくなるんじゃないかって思ったから、名残惜しそうにショーウインドウから離れた娘に、「よし、お父さんが買ってやろう」って言ってしまったんだ。

次の面会日が近づくにつれて、私は胃が痛くなってきた。いまの状態ではどう頑張ったって、何年かかったってピアノなんて買えそうにもない。そんな時に、日雇い仲間に声をかけられたんだ。ちょっと金儲けの手伝いをしないかって。報酬はピアノが買える金額だったから、私は何も考えずにその話を引き受けてしまった。

実はその金儲けっていうのは、深夜、宝石店のシャッターに車ごと突っ込んで押し破るっていう荒っぽい強盗だったんだ。運転手役だった私は警備会社のサイレンに震えながら、宝石をバッグに詰め込む仲間たちが車に戻るのを待った。

警備会社が到着する前に私たちはその場を逃げ出し、車を乗り捨てた。

数日は、警察に捕まるかもしれないと思うと怖くて落ち着かなかったけど、テレビは強盗事件の続報を流さなくなったし、警察が私の身辺を探っている様子もなかったから、私は徐々に気を許した。運転手をしただけだから、という気持ちもあった。

それでも報酬の金が入った封筒を見るたびに、鳴り響くサイレンを思い出して胸が痛くなった。人のものを奪って得たお金だ。罪を犯して得たお金だ。こんな汚いお金でピアノを買っていいんだろうか。娘は喜ぶだろうか――。

でも、面会日が目前になると、いいんだって自分に言い聞かせるようになった。お金はお金じゃないかってね。犯罪で報酬を得た後ろめたさよりも、娘を喜ばせたい、いい父親だと思われたい、そういう気持ちのほうが勝ってしまった。

事件から十日後の面会日に私は一張羅《いっちょうら》のジャケットの胸ポケットに、報酬のお金で膨らんだサイフを入れて娘と会った。

「お昼食べたら、ピアノ買いに行こう」と言うと、娘は目を丸くして、「今日？　本当に今日？」って喜んだ。公衆電話から女房に、「お母さん、お父さんがピアノ買ってくれるんだって！」と報告するぐらい、はしゃいでた。

食事を済ませて楽器店の前まで行った時、二人の男に「すみません」と声をかけられたんだ。「渡瀬さん、ですよね。お話聞かせてもらっていいですか？」

見た瞬間わかった。刑事だ。声をかけてきた二人だけではなく、その周辺にも刑事がいた。でも、楽器店は目の前だった。ものすごくムシのいい話なんだけど、ピアノを注文して娘を帰すまで見逃してほしいと思ったんだ。そんな状態になっているのに、罪への意識よりも父親の体裁を保つことばかり考えてた。

「――急いでいるので」

娘の手を握り、楽器店に入ろうとした私の腕を二人の警官はしっかり押さえた。裏口から逃げると思ったのかもしれない。絶対に逃がさない。その強い意志が、腕に込められた力でわかった。私はやっと観念した。

娘は私と刑事たちを怯《おび》えたように見ていたけど、「あちらでお話を」と促され、私が娘の手を離した途端、刑事の一人にしがみついた。「お父さんをどこに連れて行くの！」って言いながら。刑事たちは「お父さんとお話があるからね」と娘の手を離そうとしたけど、娘は必死でしがみついて離れなかった。

「ちょっとお話をしてくるから」「すぐに戻ってくるから」と私がなだめても、娘は聞かなかった。嘘だってわかってたんだろう。

私は娘には自分がしたことを知られたくなかった。逮捕される姿も見られたくなかった。だから「うるさい！」って娘を怒鳴りつけたんだ。

「聞きわけのない子は嫌いだ！　もうお父さんはおまえと会わない！」

娘が驚いたように目を見開いた。ついさっきまで、ピアノを買ってやると言っていた優しい父親が豹変してさぞかし驚いただろう。ボロボロと泣きだした。女性の刑事さんが急いでやってきて、娘を連れて行ってくれた。

「ひでぇ、父親」刑事の一人が呟いた。本当にその通りだった。私はひどい父親だった――。

「それが、前科――」一輝の言葉に渡瀬さんは頷いた。すべてを認めたこと、初犯だったこと、運転手役だったことで執行猶予がついた。

「弁護士が、奥さんは非常に怒っていて二度と娘と会わせないと言っておられます、と言いに来たよ。私もこんな情けない人間のまま、会えるなんて思わなかった。この失敗を挽回しなければ。そう思った」

渡瀬さんはお姉さんに頼み込んで、安東社長に雇ってもらった。この職を手放したら、再起する機会はなくなる。渡瀬さんはこの仕事を好きになろうとし、模範となる人間になろうとし、そして、なった――。

「娘さんと会えたんですよね？」一輝の問いに、渡瀬さんは首を振った。

「会いたい一心で頑張ったけどね、考えれば考えるほど会いたいっていう気持ちが消えていった。いまはもう、会わないほうがいいと思ってる」

「どうしてですか。僕が言うのも変ですけど、いまの渡瀬さんならいいお父さんだと思うけどなぁ。そりゃ、犯罪は悪いことだけど、ちゃんと執行猶予も終わってるわけでしょ？」

「無理だよ」渡瀬さんは寂しそうな笑みを浮かべて首を振った。

「悪いことをしたらダメだって教える立場である親が、罪を犯したんだ。手に入らないものは我慢しなさいと教えるべき父親が、犯罪で手に入れたお金で娘の気を引こうとした。娘に軽蔑されて当然だと思うし、小さかった娘の心に傷を残したはずだ――」

本当は娘さんと会いたいんでしょう？　その質問が残酷だと気付いて、一輝は目を伏せた。

「私は取り返しのつかない失敗をしたんだ。どうして、あんなことをしたんだろう。どうしてつまらない見栄に勝てなかったんだろう。あの日からずっと後悔してるんだ。だから、柴崎くんみたいな若いヒトには、私みたいに大事なものをなくしてから後悔してほしくない」

渡瀬さんはため息をついて、一輝を見た。

「わかっただろ？　私は柴崎くんに尊敬されるような人間じゃないんだ。だから、私と組むのを断ってくれていいからね」

一輝は急いで首を振ったが、渡瀬さんは固い表情のままハンドルを握っていた。


翌日、社長が一輝を「ちょっと」と呼んだ。「ワタさんから例のこと、聞いたんだってな？それで――」

一輝は急いで言葉を遮った。「僕、渡瀬さんの助手ずっとやりますから！　お願いします、担当代えないでください！」

大声を出した一輝を、社長は目を丸くして見つめ、そして、ホッとしたように顔を緩めた。

「そう言ってくれてよかった。ありがとう」

「社長は渡瀬さんの娘さんの伯父さんになるんですよね？　娘さんっていまでも渡瀬さんのこと、軽蔑してるんですか？」

社長はそれには答えず、「ケーキハウス・タザキの集荷って、キミが行ってる？」と逆に聞いてきた。一輝が「はい」と頷くと、「彼女、渡瀬さんを軽蔑してるみたいに見える？」と重ねて聞かれた。何を言っているのかわからなくて戸惑っていると、「多田愛美ちゃん。ワタさんの娘さんだよ」と微笑した。

一輝は絶句した。言われてみると似てる。困って目を逸らした時の表情が特に。

「それ……渡瀬さんは知ってるんですか？　あの店に、娘さんがいるってこと」

「知ってるよ」と社長は暗い顔で頷いた。「実を言うと愛美ちゃんがあの店に就職したから、ワタさんをあの地区担当にしたんだ。桃子さん――ワタさんの元奥さんだけど――桃子さんの許可もちゃんととってな」

「毎日行ってるんなら、会えばいいのに」

一輝が口を尖らせると、「本当にな」と社長もため息をついた。

「せっかく再会のきっかけを作ってやったのに、ワタさん、あの店の集荷だけ助手に行かせちゃうんだもんな。頑固なんだから、まったく」

そうか。ワタさんが一輝をあの店の集荷に行かせるのは、一輝の淡い恋心に気付いているわけではないのだ。娘に会いたくないからなのだ。

渡瀬さんはいつも店から少し離れたところにトラックを止める。他の会社や店はすぐ近くに止めるのに。台車が使えず、手で運んで何度か往復しなければならない雨の日も、渡瀬さんは店の前に止めてくれようとはしない。優しい渡瀬さんらしくないと思っていたけれど、あれは娘に会いたくなかったからなんだ。

毎回トラックを見送る愛美の姿を思い出して、あっと思った。彼女も、渡瀬さんのトラックだと分かっているのだ。

取り返しのつかない失敗をしたんだ。そう呟いた渡瀬さんの横顔を思い出して、一輝は両手を握りしめた。


その日、『ケーキハウス・タザキ』に集荷に行った一輝が、裏口から迎え入れてくれた愛美に「渡瀬さんの娘さんなんですね」と声をかけると、彼女は大きく目を見開いたけれど、一輝の声が聞こえなかったように「――今日は十個です」と包装台に置かれた小包みの山を示した。

渡瀬さんの話はしたくないのか。

諦めた一輝が包みに貼られた伝票に必要事項を記載していると、愛美が言った。

「私、このお店、今週までなんです」

「辞めるんですか？」驚いて振り返ると、愛美は首を振った。

「うちのお店、留学制度があるんです。社内試験にやっと通って、フランスに留学させてもらうことになったんです」

最低二年は修行すると言う。すごいことなのに、愛美は嬉しそうではなかった。

「――父に、伝えておいてもらえますか？　私がワガママ言ったから、あんなことになって……ごめんなさいって。そう言えば、わかりますから」

一輝は息を飲んだ。愛美は自分が「ピアノが欲しい」と呟いたことがすべての発端だったのだと知っているのだ。

「どうしても、それだけは言いたいのに、父は私のことを許してくれないんです。私がワガママで、聞きわけのない子だったから。あんなことのきっかけを作ったから、会ってくれない。だから――」愛美の目に涙が浮かんだ。

この人は誤解している。渡瀬さんが許さないのは自分自身の弱さなのに。この父子《おやこ》はお互い誤解してるんだ。相手が自分を責めていると勘違いして、ずっと後悔して――。

余計なことをしないほうがいいかな、それとも誤解を解いたほうがいいかな。迷ったけれど、

「後悔しないように」が口癖の父の顔が浮かんだ瞬間、気持ちが決まった。このままだと、きっと僕は後悔する。

一輝は荷物から抜いた控えの伝票をかき集めると、愛美に押し付けた。そして、何も言わずに店を飛び出した。

「え、ちょっと、荷物は……」と慌てる愛美の声が追いかけてきたけれど、振り返らなかった。

「渡瀬さん！」

トラックの窓を激しく叩くと、渡瀬さんのビックリした顔が窓から覗いた。

「どうした？　何かあったのかい？」

ロックがかかっていないのを幸い、一輝は運転席のドアを引き開けた。

「やっぱり今日は、渡瀬さんが集荷に行ってください」

渡瀬さんが困ったような顔で「いや、私は……」と呟いて、ドアを閉めようとする。一輝はその手を押さえた。

「渡瀬さん、僕に言ってくれたじゃないですか！　失敗は誰にでもあるって！　気にするなって。なのに、どうして自分には言ってあげないんですか！」

「キミの失敗と私のやったことは次元が違うから――」

「でも！」一輝は大きな声で渡瀬さんの言葉を遮った。

「でも、僕に後悔してほしくないって言うなら、渡瀬さんが見本を見せてください。後悔しないように、ちゃんと愛美さんと向き合ってください！」

店を振り返ると、裏口のところで愛美が立ちすくんでいた。それに気付いて渡瀬さんが顔を伏せる。

「愛美さん、自分のせいで渡瀬さんが強盗をしたって思ってるみたいですよ」

渡瀬さんが「え」と顔をあげた。

「自分がワガママを言ったから、お父さんがあんなことをした。だから、ずっとずっと謝りたかったって言ってました。でも、お父さんは原因をつくった私とは会ってくれないって」

「違う！　それは違う！」そう吠えて、渡瀬さんが運転席から飛び降りた。店へ向かって転がるように走って行く。

一輝は運転席へ乗り込んだ。今日は再配達もない。集荷もここで最後だ。

助手席で見ていて使い方を覚えてしまった無線のスイッチを入れる。勝手に触ったら怒られるけど、今日だけは特別だ。

「こちら渡瀬・柴崎です。現在ケーキハウス・タザキにて集荷中。帰社、ちょっと遅れます」

追加の集荷や応援依頼をこちらに回さないでほしい、と思いを込めて言い、応答を待つ。

一瞬の間をおいて、社長の声が返ってきた。「了解。柴崎くん、ありがとう。以上」

やがて、目を真っ赤にした渡瀬さんが台車に荷物を積んで戻ってくるのが見えた。裏口では同じように目と鼻を真っ赤にした愛美が、渡瀬さんを笑顔で見送っている。

一輝の視線に気づくと、愛美は照れたように微笑んで、そして、深々とお辞儀をした。一輝も会釈を返し、渡瀬さんのために運転席から助手席へと身体をずらせながら、親父と久しぶりに話をしたいな、と思った。

何度も言われてきて嫌いになっていたのに、今日思わず渡瀬さんに言ってしまった親父の口癖のことを話してみたい。「後悔しないように」って意外といい言葉だよね、と言うとどんな顔をするだろうか――。

一輝は生真面目な父の顔を思い出して、ふっと口元を緩めた。

願い桜

「桜って、あの校門の？」

「ああ。樹齢何百年って噂のでっかい桜。植木屋の話だと、もうダメだろうって」

話を聞きながら、神谷康平はテーブルのウーロン茶のジョッキに手を伸ばして呷《あお》った。

向かいに座っているのは幼馴染で旧友のノブこと伊藤信広だ。今は地元長野の母校で教鞭《きょうべん》を取っているのだが、都内の研修に出るために上京していた。約五年ぶりの再会だ。

「お前、本当に飲まないのか？」

「ああ。今日は待機当番だから」

「だって課長なんだろ？　そんなの部下にやらせればいいのに」

「ウチは規模が小さいから、課長だろうが何だろうが全員、現場でフル稼働なんだよ」

康平は大学入学を機に上京し、都内のシステム会社にＳＥプログラマーとして就職した。

その後、結婚して一人娘にも恵まれ、今は金融関係のシステムの保守を担当している。

めずらしく残業のない夜でも、待機当番というものが交代であって、システムエラーなどがあれば、すぐに現場に飛んで行けるようにアルコールは控えねばならない。

「相変わらず真面目だなぁ。久しぶりの再会なんだ、ちょっとくらいいいだろうが」

康平が苦笑いしていると、マナーモードにしていた携帯が鳴った。

ノブに『悪い』と片手で拝むポーズをしながら、康平は口元に手をあてて携帯に出た。

「お疲れさまです。ええ、はい、大丈夫です。ええ。ええ。あー……たぶん、サーバーというより、バグっぽいですね。わかりました。今から伺います」

電話を切る康平を、ノブが残念そうに見て溜息をつく。

「呼び出しか？」

「ああ。悪い。ＡＴＭのシステムがトラブったみたいで、今から行かないと」

テーブルに自分の飲み代を置くと、康平はくたびれた革靴に手を伸ばした。

無事にシステムのバグを見つけて作業を終えると、帰路につけたのは夜の十時を過ぎていた。

康平は、電車のつり革に掴まりながら、車窓に映る自分の姿を眺めた。

さすがに老けたな。普通にオジサンだ。当たり前か、気づけばもう四十六だもんな。

考えてみれば、上京してもう二十七年が経つ。

その間に長野に帰ったのは数える程しかない。両親は長野の家を引き払って都内のマンション暮らしをしてるし、親戚も他の県に住んでいて、特に墓が残っているわけでもない。自然と、同窓会や誰かの結婚式がない限り、長野に寄り付く機会はなくなっていた。

「願い桜……」

そう小さく呟いて、康平は先ほどのノブの言葉を思い出していた。

あれは高校に入ってすぐの頃だった。康平の父が営む小さな町工場《まちこうば》の経営が立ち行かなくなり、両親は工場を畳んで他県に住む親戚を頼りに、引っ越しするかどうか真剣に悩んでいた。

そうなると康平は、入学したばかりの高校を辞めて、転校先の学校の編入試験をまた受け直さなければならない。ようやくできたばかりの友達と別れるのも辛かった。

放課後、校門の大きな桜の木を眺めて溜息をついていると、ふと隣に、担任の今井先生が並んで立っていた。康平より二十歳上の、女子から『癒し系』と言われている色白の男の先生だ。

「この桜の木ね……」

「？」

「樹齢五百年らしいよ。どこかの神社にあった霊験《れいげん》あらたかなご神木だそうだ」

「そんな木が、何でウチの高校に？」

「うん。何でも、その神社が火事で焼失して、行き場をなくしてここに移されたらしい。以来、その恩義を感じてか、人生の中で三つだけ願い事を叶えてくれる『願い桜』になったそうだよ。何か悩みがあるなら、願掛けしてみたらどうかな」

「そんなの、単なる迷信でしょう?」

今井先生は穏やかに笑った。

「そうとも言えないよ。先生の願い事は全部叶ったし」

「……ホントに?」

「まあ、騙されたと思って、願掛けしてみるといい」

「……」

数日後、今井先生の言った通り、康平の願い事は見事に叶った。最後の頼みの綱だった地元の信用金庫が工場の運転資金を融資してくれることになり、康平は転校せずに済んだのだ。

康平は、校門の桜の木にお礼を伝えに行った。もちろん心の中で呟いただけだ。

桜は穏やかに頷いて微笑むように、ザワザワと風で大きく枝を揺らした。

その度に、幾重にも幾重にも白く淡い花びらが、高く澄んだ青空へと舞い上がった。

以来、康平はこの桜をこっそり『願い桜』と呼ぶようになった。願い事を全て叶える前に桜の伝説のことを人に話すと、効果が半減すると今井先生から聞いたからだ。

二つ目の願い事をしたのは、康平が高校三年生の冬の時だった。

康平は進学希望だったが、経済的に国立大学でないと厳しい状況にいた。けれど、受験直前に受けた模試の結果は散々なもので、結果はC判定だった。できる努力は全てしたし、後はもう神頼みするしか術がない。まだ固い蕾の桜の花に、康平は懸命に祈った。

「どうか、どうか、無事に志望校の国立大学に合格しますように！」

結果、康平は見事に志望校に合格した。

大学入学の時に上京し、こちらで就職をしたから、長野に帰ることもあまりなく、願い桜に三つ目の願い事をする機会もないままに時は流れた。

あの桜の木が、今、枯れようとしている。

ノブの話によると三年前に直撃した大きな台風で、かなりのダメージを受け、二年続けて花をつけなくなったという。校門に枯れ木を放置しておくのも縁起が悪いし、学校内では新しい桜の木と植え替えようという話もちらほら出ているらしい。

あの桜の木に特別な想いを抱いている康平にとっては、何とも複雑な心境になる話だった。

夜の十時半を過ぎて自宅の門をくぐった。

グレーのサイディングのこぢんまりとした中古の戸建てを、結婚して五年後にローンで買った。地道な繰り上げ返済を重ねて、昨年、無事に住宅ローンは完済した。

鍵を開けて玄関を入ると、リビングから音楽が聴こえてくる。

ここ数年、妻の直子と娘のリカがハマっているK－POPのようだ。

「ただいま」

リビングに入ると直子とリカがナントカという韓国のグループのDVDを観ていた。

「おかえりなさい。早かったのね」

夜の十時半を過ぎて帰宅して「早かったのね」と言われる生活もどうかと思ったが、康平はそのまま聞き流した。

「晩御飯は済ませてきたんでしょう？」

「ああ。でも、少し小腹が減ったな。何かある？」

「冷凍食品の焼きおにぎりとパスタならあるけど……チンする？」

「……いや、やっぱりいい」

ずっと専業主婦だった直子は、いつの間にか介護ヘルパー二級の資格を取っていて、最近、福祉施設で働き始めるようになった。仕事はかなりハードらしく、その分、家事に手が回らないようだ。

娘のリカはこの春、美容関係の専門学校を卒業して見習いエステティシャンとして働き始めている。専門学校に入る時も、就職先を決めてきた時も、康平はリカを諭した。

そんな先行きのわからない分野じゃなく、きちんとした資格を取って地に足の着いた仕事を選んだ方がいいんじゃないかと。その度に直子はリカの弁護に回った。

「パパ。エステティシャンは資格もあって手に職のある立派なお仕事よ」

「資格ったって民間のだろ？　俺が言ってるのは国家資格とか、公の資格のことだよ」

「そんなの持ってたって就職できない人はいっぱいいるでしょ。その点、リカはちゃんと就職先も決めてきたんだし、もう少し見守ってあげてもいいじゃない」

直子に背中を押されて、リカも強気に抗議する。

「昔から憧れて、私なりに真剣に考えた道なの。だいたい、パパ、エステティシャンのことなんて何も知らないくせに」

気づくといつもこのパターンだ。康平がリカの夢に水を差し、その分、直子はリカのことをよく理解して味方に回る。結果、康平がいつも悪役のようになってしまうのだ。

思えば、リカは元々はかなりの父親っ子だった。女の子なんて思春期に入ると、大抵は父親を煙たがるものだが、リカは高校生になっても『パパ』『パパ』と積極的に話しかけてきてくれた。大好きなK-POPグループの名前や、曲のタイトル、好きなメンバーの名前、色々と康平に教えてくれるのだが、康平の頭には何ひとつ入ってこず、毎回、忘れてしまう。結果、ナントカのナントカとしか憶えない康平にリカは呆れ、そのうち説明もしてくれなくなった。

更に、康平が将来の夢に水を差すようになると、自然に距離を置くようにもなった。

逆に直子は、リカとは姉妹のように仲がよく、一緒にK-POPグループのライブに行ったり、新大久保のショップに限定グッズを買いに行ったり、リカの将来の夢も応援している。

リカが元々は父親っ子だっただけに、その疎外感は倍以上にも感じられた。

「おい。もう夜遅いんだぞ。テレビの音量が少し大きいんじゃないか？」

気づくと、また煙たがられる言葉を発してしまう。康平なりにリカとコミュニケーションを取ろうとしているのだが、いつもそれは裏目に出てしまう。リカは溜息をつくと、少し乱暴に手元のリモコンでテレビの電源を落とし、「私、お風呂に入って、もう寝るね」と二階の部屋に上がってしまった。

また、やってしまったな……と溜息をつくと、直子が神妙な顔をして康平を見た。

「ねぇ、あなたに折り入って話があるんだけど」

リカのことで説教をされるのかと思うとドッと疲れが出た。

「明日じゃダメか？」

「あなた、いつもはもっと帰りが遅いでしょう？」

康平は観念したようにネクタイを緩めて、直子とテーブルに向き合った。

「お願いします。どうか、私と離婚して下さい」

「え……？」

直子は離婚届を差し出して頭を下げた。一瞬、頭の中が真っ白になる。

康平はフリーズしそうな思考回路を必死に働かせて状況を飲み込もうとした。

「急に……何を言い出すんだよ」

「ここ数年、ずっと考えてきたことなの」

「待ってくれ。理由は？　自分で言うのも何だけど、俺は真面目に働いてきたし、家だって買った。ギャンブルだって、浮気だってしてない。何が気に入らないって言うんだ」

直子は深く息をつくと、真っ直ぐに康平を見つめた。

「あなたに……人間としての魅力を感じないの」

ニンゲントシテノミリョク？

またまた、康平の頭はフリーズしそうになる。

「リカも無事に就職したし、あの子もいずれ独り立ちするでしょう？　そうなると、あなたと二人きりの生活になる。十年後、二十年後、その先まで、あなたとずっと二人きりで送る生活を想像した時、それはないなって、私の中で答えが出たの」

固まったままの康平に構わず、直子は続ける。

「だから、自分の力で生きていけるように介護ヘルパーの資格を取った。おかげで仕事にも慣れてきたし、一人で生きて行く分には何とかなるって自信もついてきたわ」

大学を卒業してわりとすぐに結婚した直子のことを、康平は、社会人としての経験もなく、世間知らずだとどこか下に見ていたところがあった。今まではケンカになっても、それで最後には言い負かしていたが、今回はそう簡単には行きそうもない。

「ちょっと……待ってくれ。リカのこともあるし、あの子の将来だってこのまま安定するとは限らない。そんな大事なこと、俺たちだけで勝手に決めるわけには……」

「リカは納得してくれたわ。あの子の職場の近くにアパートも借りれたの。しばらくはそこで二人で暮らすつもりよ」

「当人の俺に話す前に、リカに相談したって言うのか!?」

「あなたの言うように、リカにとっても大切なことだから」

さすがの康平も二の句がつげなかった。

その後、何をどう話して、どう話を切り上げたのか、まるで思い出せない。

ただ、はっきりしているのは、次の週末には二人の荷物が綺麗に運び出されて、この家には康平だけがとり残されたという事実だけだ。

直子の残していった離婚届を見つめて、康平は呆然としてしまった。

ギャンブル癖があるなら改めることもできる。浮気をしていたならやめればいい。けれど、人間としての魅力を感じない……と言われてしまったら、いったい何をどうすればいいのか。家族に不自由をかけないように、一生懸命、真面目に働いてきたではないか。その仕打ちがこれなのか？　冷静になって考え始めると怒りがふつふつと込み上げてくる。

そりゃあ、家族サービス満点の夫でも、父親でも、なかったかもしれない。

週末は趣味のプラモデル作りに没頭して、二人のことは放ったらかしだったかもしれない。けれどそれは、仕事で忙殺される日常の大事なストレス解消法であったたし、きちんと理解してくれているものだと信じていた。康平だって、直子がプリザーブドフラワーにハマって、家中花だらけになった時も黙っていたし、直子とリカの二人だけでライブに出かけ、外で美味しいものを食べて帰って来ても、文句を言ったことなど一度もない。

それを『人間としての魅力』なんて理不尽な理由で、突然切り捨てられるなんて……。

俺は、家族に愛されていなかったのか。家族にとって、俺はもう必要のない存在だっていうのか。いったい、今までの俺の努力は……俺の人生は……何だったんだ。

悔しさの余り、康平は一人、男泣きをした。

気がつくと、康平は郷里の長野に向けて車を走らせていた。

悪いことは重なるもので、直子たちが出て行った翌週、四十代以上の社員を対象に、退職金を増額した早期退職か、年収が少し下がる系列子会社への転籍かを選択するようにと人事から社内メールが配信された。ここ数年の業績不振が理由らしい。当然、対象者たちの間には動揺が走ったが、今の時代、リストラされないだけマシだろうと、ほぼ全員が系列子会社への転籍を願い出た。康平だけが、叩きつけるように早期退職の希望届を上司に提出した。

何なのだ、いったい。

誰よりも真面目に生きてきたつもりなのに、何で今になってこんな理不尽な目に遭わなければならないのか。転籍先の子会社での業務内容は変わらない。労働時間もほぼ今まで通りだ。けれど残業代が出なくなる。正確には、見込み残業手当という名目で雀の涙ほどの手当はつくものの、ほとんどの残業はサービス残業になるだろう。

家族のため、身を粉にして働かねばならないなら、康平だって迷わず転籍することを選んだ。けれど、今はその家族もいない。そんな不遇を受けてまで、会社にしがみつく意味が見出せない。家族にも、会社にも、今まで精一杯に尽くしてきたつもりだった。なのに、その両方から手ひどい裏切りを受けたような気持ちだった。

いざ無職になってみると、その身軽さと開放感に康平の心は高揚した。

週末に少しずつ作ろうと買い溜めていたプラモデルを、有り余った時間で一気に作り上げた。

Ｍ１エイブラムス戦車、これは世界最強と言われるアメリカの戦車だ。こっちはＭ４シャーマン中戦車。第二次世界大戦中のアメリカの戦車で、丸いフォルムが特徴的な味のある戦車。それから、こっちがナチスドイツのティーガー戦車で……と、一通り完成させてしまうと何もすることがなくなってしまった。

料理なんて未《いま》だかつて作ったこともないから、当たり前のように食生活は乱れた。揚げ物ばかりのお弁当か、カップ麺か、面倒な時は缶詰のサバの煮付けと焼き鳥だけという日もあった。気がつくと部屋の中は散らかり、当たり前のことだが、洗濯物もゴミも自動的に片付けられるものではないということを思い知る。

身軽さと開放感と高揚感は、みるみる虚しさへと姿を変えていった。

家の中から、自分とテレビの音以外、誰の声も響かない。笑い声も。

こぢんまりとして、手狭に感じていた家が、今はとてつもなく広く感じた。

寂しさを紛らわすように、康平は散らかった部屋を片付け始めた。元来、凝り性で真面目な性格ゆえに、手をつけ始めると止まらなくなる。ゴミを捨て、洗濯物を片し、古本や雑誌の整理をして、納戸の整理まで始めた。そこからは何冊もの古いアルバムが出てきた。

直子と付き合いたての頃の写真。結婚した時の写真。リカが生まれた時の写真。家族三人で撮ったたくさんの写真が出てきた。少し色あせた写真の中の康平と直子は随分と若く、そして心底楽しそうな笑みを浮かべていた。

直子のこんな笑顔を、いったい、いつから見ていなかったろう……ふと、そんなことを思っていたら、アルバムの整理箱の中から何かがポトリと落ちた。

それは高校時代の生徒手帳だった。

中を開くと、校歌のページの間に、あの桜の花が挟まっていた。

幾重にも幾重にも白く淡い花びらが舞う、あの満開の桜の姿が鮮明に康平の頭の中に蘇った。


そして今、康平は郷里の長野に向けて車を走らせていた。

親戚も誰も残っていない長野に戻ったところで、身を置くアテなどまるでない。

けれど、ただ、ただ、ひたすらにあの『願い桜』を見たいと思った。

季節は初夏だし、二年続けて花も咲かないとは聞いているけれど、今まで康平の窮地《きゅうち》を二度も救ってくれた桜の木だ。その佇まいを見れば、何か人生の打開策が思い浮かぶのではないか……と漠然と考えていた。

長野に着いて、康平は真っ先に母校の高校を訪ねた。

そうして、校門に佇む桜の木を見て軽いショックを受けた。

どう見ても立ち枯れしている木だ。もう初夏だというのに葉が一つもついていない。

ふと、『願い桜』と自分の人生がリンクしているように感じられた。思えば、直子が離婚を考え始めたのは、ここ二〜三年のことではなかったろうか。俺の人生は、この桜の木と一緒に立ち枯れてしまったのではないか。

まだ三つ目の願い事が残っている。

けれど、立ち枯れしている木に、果たして願い事を叶える力など残っているのだろうか。

「康平?」

立ち尽くす康平の姿を見つけて駆け寄ってきたのはノブだった。

「お前、どうしたんだよ。連絡もしないで急に来るなんて」

「いや……どうしても急に、この桜の木が見たくなって」

この時の康平の様子は明らかにおかしかった。

けれどノブはそれ以上、深くは追及してこなかった。「言ってくれれば、今夜飲もうぜって、みんなに連絡しておいたのに」と、ただ笑った。その優しさに康平は少なからず感謝した。

少し気持ちが落ち着いて冷静に思考回路が回り始めると、康平はノブに、この桜の木の状態について詳しい人間はいないかと尋ねた。

ノブは、台風の時に応急処置をしてくれたという地元の植木職人を紹介してくれた。

康平は、すぐに植木職人を訪ね、桜の木の状況を詳しく訊いてみた。

樹齢もかなりのものだし、三年前の台風のダメージは相当大きく、花どころか葉もつかないとなると、このまま枯れてしまうだろうというのが彼の見解だった。

願い桜と自分の人生がリンクしている。そう感じていた康平にとって、その言葉は重く鉛のように、微かに抱いていた希望に影を落とした。

康平はどうしても諦めきれず、植木職人に『桜の木の生態に詳しそうな人』を何人か教えてもらって、その全員に電話をかけた。が、ほぼ全員から「桜は繊細な植物だから、ああなるともうダメだろう」という答えが返ってきて、康平を落胆させた。

最後の一人、九十二歳の接《つ》ぎ木名人、本田朔次郎《さくじろう》という人とは連絡が取れなかった。

何度、電話をかけても出ないので、康平は直接訪ねてみることにした。

いざ訪ねてみると、本人らしき高齢の男性は確かにいるのだが、何度、ブザーを鳴らしても、戸をノックしても、名前を呼びかけても返事が戻ってこない。

どうやら耳が遠いらしいという考えに至って、康平は自分の存在をアピールし、筆談で語りかけた。耳は遠いが頭も声もはっきりしてるようで、朔次郎は大きな声で質問に答えてくれた。

「その桜の枝を曲げてみな。そのまま折れたら、その桜はもう枯れてる。けど、しなるようなら、まだ生きてるってこった」

康平は、母校に飛んで帰って、細い枝を曲げてみた。枝は折れずに、大きくしなった。初めて希望が見えてきて、嬉しさの余り、康平はまたすぐに朔次郎のもとに引き返し、そのことを事細かに伝えた。朔次郎はニンマリと笑ってみせた。

「そうか。じゃあ、可能性がねぇわけじゃねぇな」

「可能性……ありますか？　再生する可能性は、まだ残ってる!?」

康平は自分自身の人生の可能性を肯定されたような気がして、涙が出るほど嬉しくなった。そんな康平に「大袈裟なヤツだな」と笑いながら、朔次郎は岐阜県にある天然記念物の薄墨桜について語ってくれた。樹齢はおよそ千三百年〜千四百年と思われる巨木で、今までに何度も枯れ死にしかけた木だそうだ。昭和二十三年頃にその木を見事に復活させた人物たちがいて、朔次郎はその手法を詳しく調べたことがあると言う。その十年後にも大きな台風に襲われて、再び桜の木は枯れかけたが、また別の人物の手によって見事に蘇り、花を咲かせたらしい。

「面白ぇな。復活するかどうかはやってみねぇとわからねぇが、挑戦してみる気はあるかい？」

「お願いします。何でもします。どうか、僕に指導して下さい」

その日から、康平は母校の桜と朔次郎の家とノブに紹介してもらった安アパートを往復する毎日を送るようになった。アパートを紹介してもらう時に、ノブには簡単に事情を説明した。

離婚を前提に家族と別居していること。会社を辞めたこと。しばらくは母校の桜の再生に取り組みながら、ゆっくりと今後の身の振り方を考えようと思っていること。ノブは「とりあえず、飲め！」と酒を勧め、康平の置かれている状況を笑い飛ばしてくれた。

まず手始めに、康平は新しい桜の木を植え替えようと検討していた学校側と交渉をした。

ノブに間に入ってもらい、康平は懸命に校長たちを説得した。一年間だけ時間をもらって、もしダメだった時は、康平が自腹で新しい桜の木を贈呈するということで何とか話はついた。

腰の悪い朔次郎は直接、桜の木を見に来ることができず、康平は写真とビデオを大量に撮って、桜の根っこや枝の状態を細かく説明し、時には実物を手折《たお》って朔次郎に見せた。

太い根っこはほとんどが枯れ果て、腐ったところにはシロアリや雑菌が繁殖していた。

康平は朔次郎の指示に従って病根を丁寧に取り除き、僅かに残った活力のある根っこを探し出し、若い山桜の根っこに一本一本、接《つ》いでいった。それは、山桜の根を削り、接合部分に卵の白身を塗り、V字形に切れ込みを入れた願い桜の根っこを一本ずつ繋ぎ合わせるという気の遠くなるような作業だった。

何日もかかって二百本近い根っこを接ぎ、その根っこの部分を守る柵を作り、重い枝を支える支柱を増やして、大量の肥料を与えてやった。かかった費用は全て康平が自腹で負担した。

やがて、康平の作業は地元でも評判になり、近隣から何人も植木職人たちが様子を見に来て、それぞれに康平に新しいアドバイスを授けてくれた。

近所の主婦たちは、代わる代わる康平にお手製のお弁当を差し入れてくれた。

里芋の煮っころがしや、玉子焼き、きんぴらごぼうなどの素朴なおかずが、胃というよりは心に沁みた。思えば、直子たちが出て行って以来、康平は手料理らしい手料理を一度も食べていなかったのだ。

「うまい……」

心の底から出た言葉だった。

「いやだもう。普通の田舎料理よ？」

主婦たちは照れくさそうにお互いの顔を見合わせ、そして嬉しそうに笑った。

ふと思う。いつも、うまいと思って食べていた直子の手料理を「うまい」とちゃんと言葉で伝えたのはいつだったか。思い出せないくらい長い年月、言っていなかった気がする。

高校に通う生徒たちからは「おじさん、頑張って！」と声をかけられ、康平は今までにない充足感を手に入れていた。そして、あることに思い至った。

ああ、こういうことを俺は今までないがしろにしていたのだと。

同じ細かい作業ではあるけれど、自室にこもって作るプラモデルとは訳が違う。

そこにコミュニケーションがあるかどうかが大事だったのだ。

今思えば、リカは一生懸命、俺に好きなＫ－ＰＯＰグループのことを教えてくれていたではないか。俺は一度でも真剣に彼らの名前を憶え、曲を聴こうとしたことがあっただろうか。直子だって、その日に起こった出来事や、興味のある資格の話を食卓で一生懸命に話してくれていた。専業主婦の暇な戯言《ざれごと》とハナから決めつけて、耳を傾けようとしなかったバカヤローはどこのどいつだ？

みんな俺なのだ。事の発端は。全ては身から出たサビではないか。

家族のために一生懸命に働く。そんなことは当たり前だ。それ以前に、俺は家族と向き合い、もっともっとたくさんの話をするべきだった。

こうして『願い桜』に注いでいる労力の十分の一でも、俺は家族に対して注ぐべきだった。

本当は、長野に帰る道中からずっと、俺は『家族の再生』を三つ目の願い事にして、この桜に願うつもりでいた。けれど、それは『願い桜』に願うべきことじゃない。

俺自身が、過去を反省し、直子とリカに頭を下げて、心を込めて願い出るべきことなのだ。

康平は、愛おしそうに桜の幹を撫でながら呟いた。

「決めたよ。三つ目の願い事。頼む、どうか、どうか、もう一度、お前が満開の花をつけてるところを俺に見せてくれ」

康平はギュッと力を込めて、願い桜の幹を抱きしめた。

やがて春が巡ってきた。

願い桜は奇跡的に蕾をつけてくれたものの、一向に花開く気配はなかった。

周辺の桜の木はもうみな開花し始めている。やはり花を咲かせるほどの力は残っていないのだろうか。康平は毎朝、祈るような気持ちで観察をし続けた。

ある日、春の嵐といえるほど大きな低気圧が来て、激しい雨と風に桜の枝が晒された。

康平は、夜中までかかって必死に支柱を補強して、蕾が落ちないことをひたすらに祈った。

翌朝、寝坊した康平は携帯の着信音で目を覚ました。電話の向こうからノブの声が響いた。

「康平。冷静に聞いてくれ、お前の桜な……いや、自分の目で確かめた方がいいと思う。すぐに来い」

それだけ言って電話は切れてしまった。

ノブの声は押し殺したように低かった。まさか、昨晩の嵐で桜が……？

康平は、嫌な予感を振り払うように首を振って、ジャケットを掴むと外に飛び出した。

校門の前に車を止めると、康平は恐る恐る桜の木に近づいた。案の定、枝を支える支柱のいくつかがなぎ倒されていた。途端に心が折れてしまいそうで、康平は目を逸らしたくなったが、心を奮い立たせてキッと前を見据えた。

そこに、小さな花が咲いていた。

白く、儚げに、けれどしっかりと、一つ、二つ、三つと花が咲いていた。

康平は、思わず膝から地面に崩れ落ちた。

「咲いた……咲いたっ。咲いたぞー！」

康平は腹の底から叫び声を上げた。思わずボロボロと涙がこぼれた。

その声に弾かれるように、周囲で息を潜めていたノブや生徒や近所の人たちが一斉に拍手をしながら、康平のもとに集まってきた。康平は慌てて涙を拭うと「ありがとうございました。ありがとうございました！」とみんなに頭を下げて回った。


やがて桜の花が満開になると、遠く岩手の故郷から、恩師の今井先生が訪ねて来てくれた。髪はすっかり白くなり、顔に深くシワが刻まれていたが、穏やかな笑顔は相変わらずだった。

「いやぁ、嬉しいな。生きているうちにもう一度、この桜が満開に咲くのを見てみたいと思っていたんです」

「先生から聞いた時は半信半疑でしたけど、この桜は本当に願いを叶えてくれる桜でした」

「ああ……あれね。すみません。あれは僕の思いつき……出まかせなんです」

「え？」

「いや、君、本当に悩んでいたみたいですし、おウチの事情はご両親から伺ってましたからね。せめて気休めにでもなればいいと思って、つい」

康平は絶句したが、次の瞬間に吹き出した。

「いや。俺にとってはやっぱり本物です。三つ目の願い事も見事に叶えてくれましたから」

今井先生は穏やかに笑って、大きく頷いてみせた。

「うん。君がそう言うなら、きっとこれは本物なんでしょう」

康平は恩師と並んで、しばらく満開の桜を見上げていた。


やがて辺りが薄暗くなり、そろそろ帰ろうかと思っていた時、康平の携帯が鳴った。

着信を見ると直子からだ。

思わず息を呑み、電話に出た。開口一番に直子は呆れ切ったという声を出した。

「あなた、何やってるのよ!?」

「え……」

「リカの買って来た雑誌に、あなたのこと載ってて。会社を早期退職して、私財を投げ打って、母校の『願い桜』を復活させたって……。もう。これから、どうやって生活して行く気なの？　仕事はどうするの？　植木職人にでもなるつもり？」

康平は声を上げて笑った。

「何がおかしいのよ？」

「つまり……心配してくれてるんだな、と思ってさ」

直子は押し黙った。が、康平は構わず続けた。

「俺、話したいことが山程あるんだ。……迷惑かもしれないけど、直子とリカに、話したいことが数え切れないくらいあるんだよ。一度でいい、会って話を聞いてもらえないか」

沈黙が続き、康平は姿勢を正した。次の言葉を発しようとした時、直子が口を開いた。

「……私たちが、そちらに行くわ」

「え？」

「リカが、どうしてもあなたの桜を見たいって言うから、仕方なくよ」

「うん。うん……」

それから、しばらく続いた直子のどんな憎まれ口も、康平の耳には届かなかった。

直子とリカに会える。その事実だけが康平の胸を熱くした。

見上げた願い桜は、穏やかに頷いて微笑むように、ザワザワと風で大きく枝を揺らした。

その度に、幾重にも幾重にも白く淡い花びらが、高く澄んだ夜の空へと舞い上がった。

親父の写真

「ウ、ウイルス、ウイルス」丸顔の眉間に深くしわを刻んで、春子おばさんは言った。「順《じゅん》くんのお父さん、ウイルスに感染しちゃったのよ」

「ウイルス……」

すなわち、親父は店を閉めなければならないほどの病魔に侵されているということだ。

三年前にインフルエンザをこじらせて、あっけなく亡くなった母さんのことを思い出した。

視界がぐらりと揺れて、暗くなって、俺はその場にしゃがみこんだ――。

＊

――事《こと》の発端は昨夜、裕樹《ゆうき》の結婚式の、二次会でのことだった。

シルバーグレーのタキシードを着た主役は、方々から酒を注がれたあとでようやく俺のところへやってきた。そして赤ら顔のおぼつかない口調で、とんでもないことを言った。

「そうだ、順一。この間、実家に帰ったとき気づいたんだけどさ。おまえんち、店じまいしたんだなぁ」

「……」

裕樹とは、腐れ縁というか、なんというか。中学・高校と同じ野球部で、俺はライト、裕樹はレフト、つまり外野の左右を守っていた。俺は大学進学で、裕樹は就職で東京に出てきて、交流が再開。夏は登山、冬はスキー、野球は中日、酒は焼酎。同郷の気安さと趣味嗜好の一致から、三十四歳の今までつるみ続けてきた。

三十四歳。周りは次々結婚して、既に親になっているやつも多い。俺も一年ほど前、重い腰を上げて結婚相談所に登録した。けれど親父譲りの少々いかつい顔のせいだろうか、写真の段階で断られることも少なくなく、そのたびにがっくりする。出会うために用意された場所でも出会えない、それじゃあ俺はどうすりゃいいいんだ?

それでも、どこか気楽に構えていた。一番身近な裕樹が「やべえ、もう十年以上彼女がいねえ」なんて言うものだから。

……それが、なんだ。裕樹はひと回りも年下のかわいい子をつかまえて、電撃スピード結婚だ。しかも小柄であどけない、中学生といっても通用しそうな彼女のお腹には、既にベビーがいるという。

めでたい。嬉しい。けれどどこか騙されたような、出し抜かれたような、裏切られたような気がしていた。……わかっている。ただのひがみだ。いい年して、我ながら情けない……。

その思いをごまかしたくて、俺は披露宴からずっと、かなり速いピッチで飲んでいた。だからもう、頭がぼんやりしていたんだ。裕樹の言葉も聞き間違いかと思うくらいに。

「店じまい？」

「うん」

「どこが？」

「だから、おまえんち」

「何言ってんだ、おまえんち」

「おまえの実家だよ。麻生《あそう》写真館。ほら、俺らもお世話になったから、感慨深いっていうかさぁ……」

「……」

うちが、店じまい？　あの親父が？

まさか。ありえない。ありえねーよ。

そもそも息子の俺が、何も聞いてないんだぜ――。そう、笑い飛ばしたのだけれど。

「ああ、やめたよ」

今朝、二日酔いで割れそうな頭を抱えながら実家に電話をかけると、親父はしわがれた声であっさりその事実を認めた。

「俺ももう七十だ。勤め人ならとっくに引退している年だろう。腰も痛いし、足も痛いし。あくせく働くのはやめたんだよ、もう」

「……」

腑に落ちなかった。親父はいつだって仕事第一で、口癖は「写真はその人間の歴史」。写真に、仕事に、誇りを持っているどころか、命を懸けているような人間だったから。

それに、どうしたって疑問に思う。

「なんで、何も言ってくれなかったんだよ」

「……」

短い沈黙のあと、親父は「フン！」と大きく鼻で笑った。

「店を継がずに出て行った息子に、報告する義理はないだろう！」

そしてガチャンと、叩きつけるように電話を切られてしまった。

「――……」

あのクソ親父！

電話をかけたことを激しく後悔して、もう一度ベッドにもぐりこんだ。頭に血が上ったのか、頭痛がひどくなっていた。幸い今日は日曜だ、昼までもう一眠りしよう――。

「……」

……それなのに、モヤモヤして眠れそうになかった。

全然、全然納得できない。あの親父がなぜ、急に店を閉めたのか。仲違《たが》いしているとはいえ、なぜ俺に一言も言ってくれなかったのか。

病気だとか、借金だとか……。あるいは三年前、母さんがインフルエンザをこじらせて亡くなって、気力が尽きたとか。そういう、やむにやまれぬ事情があったのではないか。

「……」

俺は重い布団を跳ねのけた。

都会のビル群からどんどんのどかになっていく景色を、新幹線の窓から眺めた。

条件反射のように、大きなため息がこぼれた。東京から実家のある町まで、新幹線で一時間半。決して遠い距離ではないのに、俺は年に一度帰ればいいほうだ。親父はほとんど口をきいてくれず、たまに話しても最後は必ずけんかになってしまう。どうしたって気が進まなかった。

俺と親父の間でクッションとなってくれていた母さんが亡くなってからは、ますます帰省が憂鬱になった。今では母さんの法事や墓参りでさえ、日帰りで行く始末だ。

最期、病院のベッドで呼吸器をつけた母さんに強く手を握られて、「順一、お父さんと仲良くしてね、お願いね」と言われたというのに——。

「……」

もちろん、昔からこんなにギクシャクした父子《おやこ》関係だったわけじゃない。

俺は遅くにできたこどもで、しかも一人息子だった。親父は仕事人間で、頑固で偏屈で厳しかったけれど、小さな俺を好んで仕事場に招き入れた。俺は親父になつき、多くのこどもがそうであるように、「僕も大きくなったら写真屋さんになる！」と親が喜ぶことを言った。そんな俺に、親父も目尻を下げていた。

運動会。結婚式。団体旅行。親父は方々から撮影を頼まれることも多かったから、一緒に遊んでもらったり、どこかへ連れて行ってもらったりした記憶は少ない。はっきり覚えていることといえば、毎年の誕生日に正装して、白いスクリーンの前で記念撮影をしたことくらいだ。普段あまり話さない親父が、その撮影中だけはなぜか饒舌で、あれこれ話ができて嬉しかった。

その写真は店の通りに面したガラスに飾られ、俺は近隣の人たちから「写真屋さんの順くん」として成長を見守られ続けた。幼いころはまるでモデルにでもなったような気分で、嬉しかったし、誇らしかった。けれど小学校高学年になるとそのことでからかわれるようになり、中学生になるのを機にやめてもらった。

　すると親父は、あろうことか勝手に野球部の顧問と交渉し、練習や試合の写真を撮りにくるようになった。店頭のガラスは野球の写真で埋めつくされ、俺は気が気じゃなかったけれど、チームメイトからは思いのほか喜ばれた。親父の撮る写真は表情がいきいきとしていて、スピード感も迫力もあったから、プロ野球選手にでもなったような気分だったのだろう。

「あら、順くん、大きくなったわねぇ！　将来は写真屋さんを継ぐの？　それとも野球の選手になるの？」

　昔から俺をかわいがってくれていた肉屋の春子おばさんなどには、会うたびにそんなことを言われて苦笑いした。そのころ俺はもう、店を継ぐつもりはなかったし、野球で食べていける才能など到底ないことも自覚していたから。

　将来のこととして興味を持ったのは、コンピューターだった。まだパソコンも携帯電話も、インターネットもメールも普及していない時代で、可能性は無限に感じられた。高校生になると勉強と部活の合間に、自分で部品を組み立てて簡単なパソコンを作った。楽しかったし、我ながら良い出来だった。

　大学受験を控えたある日、「理工系の大学に、さらに大学院に進んで、システムエンジニアになりたい」と話すと、親父はまるで違う国の言葉を聞いたかのように眉をひそめた。システムエンジニアの意味がわからなかったんだ。親父はカメラに関すること以外、てんで機械音痴だったから。

俺はその職業について一から説明した。たくさんの夢を描いていたから、熱く語りすぎてしまったかもしれない。近い将来、コンピューターがなければまわらない社会に必ずなる。あらゆるものが電子化され、自動化され、便利化される。当然その盲点をつく犯罪も出てくるから、専門技術者だけでなく、一般のすべての人がその知識なしには暮らせなくなる、と。

どのくらい理解できたかはわからないけれど、俺の話を聞き終えた親父は、ひどくショックを受けていた。そして一言ぼそりと、「店を継ぐ気はないんだな」と言った。

「……店は、継がない。悪いけど」

「……」

しばらくの沈黙ののち、親父は「勝手にしろ！」と怒鳴って部屋を出て行った。

それからだ、俺と親父の仲が悪くなったのは。親父はあからさまに俺を避けるようになった。俺の顔も見たくないようだった。

「お父さんは、写真が好きだし。この店のおかげで、親子三人ご飯を食べてこられたわけだし。何より、古い人だから……。仕方のないことだとしても、自分の代で店を閉めなきゃならないのがつらいのよ。わかってあげて」

板挟みになった母さんは、何度もそう言っていた。

確かに、三代続いた店を継がないのは申し訳ないと思う。けれどそれでへそを曲げるなんて、どう考えたって大人気ない。長男だから、一人息子だからと、家業を継ぐ時代ではもうないし、俺には俺のやりたいことがあるのだから――。そう、俺も俺で意固地になった。

俺は当初の宣言通り、理工系の大学に進み、大学院に進み、システムエンジニアになった。一方、社会は俺がイメージしていた以上のスピードで変わっていったから、仕事の需要もやりがいも、面白さもぐんぐん増した。

できることなら、親父との関係を修復したい――。そう願いつつ、自分の選択を後悔したこともなかった。


駅から十分ほど歩き、昔ながらの商店街を抜けて、麻生写真館に着いた。

小さな木造二階建ての建物が、葉桜となりつつあるしだれ桜で半分隠れていた。古びた灰色のシャッターが下り、親父の達筆な字で貼り紙がされていた。

『都合により閉店いたします。長年のご愛顧、ありがとうございました』

「……」

どこか信じきれずにいたけれど、本当に閉店したんだ――。俺がこんなことを言うのは身勝手かもしれないけれど、やはり寂しかった。

裏口に回ると、親父はどこかへ出かけているようで、鍵がかかっていた。植木鉢の下から合鍵を取って中に入った。一階が店舗、二階が住居だ。シャッターが閉まっているため店舗は真っ暗で、手探りで明かりをつけた。

がらんとした、冷えた室内。撮影機材やパソコンにはほこりよけの布がかけられ、一角にたくさんのダンボール箱が積まれていた。店の片付けをしているのだろう。

中央に置かれた作業台の、まだ封がされていないダンボールを何の気なしに開けた。

「――……」

一歳の俺。二歳の俺。三歳の俺。

毎年の誕生日に白いスクリーンの前で撮り、店頭に飾られた記念写真が、時系列で並べられていた。

うしろのほうは、中学・高校の野球の写真だ。泥まみれのユニフォーム。ホームベースでアウトになったときの悔しそうな顔。勝利後のハイタッチ。仲間たちと何か言い合っている、砕けた表情。

俺は思わず見入ってしまった。もちろん、家を出てからも写真を撮られる機会は多々あった。

けれど、それらとは全然違う。親父が撮った写真は、そのときのにおいや音、その人間の声や感情や人柄が、体に流れこんでくるように伝わってくる。構図や採光といった技術だけでは説明しきれない、最高の一瞬を切り取っている。

敵《かな》わない――。幾度となく肌で感じてきたことを、改めて思い知らされた。

俺が店を継がなかったのは、写真や、写真屋の仕事が嫌いだったからじゃない。むしろ好きだった。親父の写真に憧れて、親父の写真が大好きで、いつか自分もそんな写真を撮れるようになりたいと思っていた。

けれど俺は、十歳の誕生日に親父がくれたカメラでいくら撮っても、上達しなかった。一年経っても二年経っても、写真雑誌や専門書を読み漁っても、全然上達しなかった。

足が速い。絵が上手い。手先が不器用。リズム感がない。身近なクラスメートを見ても、それぞれ個性や適性が、得手・不得手や向き・不向きがあった。センスのようなものの有無を感じることも、努力では越えられない壁に直面することも、この分野ではこの人に勝てないと思うことも、決して少なくなかった。

だから、その事実も受け入れることができた。残念ながら俺には、写真を撮るセンスが欠けている。親父のようにはなれない。「その人間の歴史」と胸を張って言えるような写真は、きっと一生撮れない。

もちろん、基本的にはカメラマンではなく写真屋だ。客から依頼されたフィルムを機械的に現像する。証明写真や記念写真をただ撮る。それだけでも仕事として成り立っただろう。

けれど、いやだった。親父を見てきたからこそ、親父のように自分の仕事を愛し、没頭し、誇りを持ち、誰にも負けないと思えるようになりたかった。だから写真屋ではなく、システムエンジニアを目指したのだ。

店を継ぐことはできなかったけれど、親父の仕事に対する姿勢のようなものは、しっかり引き継いだつもりだ――。

「ごめんくださーい」

と、裏口のほうから聞き覚えのある声がした。

明かりがついているからだろう、その人は「お邪魔しますよー」と言いながら、勝手知ったる様子でずかずか入ってきた。小太りな身体に白いエプロンをつけた、肉屋の春子おばさんだ。

「わっ！　びっくりした！　順くんじゃないの！　びっくりした！」

「こんにちは、ご無沙汰してます」

「ああ、本当にびっくりした！　お父さんは？　いないの？　これね、おいしくできたから、おすそわけ」

春子おばさんは俺に、蓋つきの大きなプラスチック容器を差し出した。おいしそうな肉じゃがが透けて見えた。きっと普段からこうして、親父を気遣ってくれているのだろう。

「ありがとうございます。……あの、春子おばさん」

「ん？」

考えてみたら、こうして俺が来てみたところで、素直に話すような親父じゃない。情報通の春子おばさんなら、何か知っているかもしれない。

「親父がなんで店閉めたか、知ってますか」

「あら。順くん、知らないの」

「はい……」

「ウイルスよ」

「え？」

「ウ、ウ、ウイルス」丸顔の眉間に深くしわを刻んで、春子おばさんは言った。「順くんのお父さん、ウイルスに感染しちゃったのよ」

「ウイルス……」

すなわち、親父は店を閉めなければならないほどの病魔に侵されているということだ。

三年前にインフルエンザをこじらせて、あっけなく亡くなった母さんのことを思い出した。

視界がぐらりと揺れて、暗くなって、俺はその場にしゃがみこんだ——。

＊

あらあら。あらあらあらあら。

春子おばさんは俺を作業台の椅子に座らせると、てきぱきと熱いお茶を淹れてくれた。貧血かしら。ちゃんとご飯食べてる？　男のひとの一人暮らしは、どうしても、ねぇ。順くんもそろそろ、いい人見つけないと。そんなことを言いながら。

お茶を飲むと身体が温まって、少し気持ちが落ち着いた。ちゃんと聞かなければならない。どんなに偏屈でも、仲が険悪になっていても、親父は俺のかけがえのない父親で、たった一人の家族なのだから。

「春子おばさん。親父は……、親父はそんなに悪いんですか。ウイルスって、何の病気ですか。肝臓とか……？」

春子おばさんは小さな窪んだ目できょとんと俺を見たあと、「やだ、順くん！　そうじゃなくて、あははは！」と可笑《おか》しそうに笑い出した。

「春子おばさん？　あの……」春子おばさんの思いもよらない反応に、俺は戸惑ってしまった。

「ごめん、ごめん。笑いごとじゃないわよね。でも、違うの、そうじゃないの。ウイルスに感染したのはね、あれ」

春子おばさんはそう言って、部屋の隅の、布のかけられたパソコンを指さした。

「……あ」

――コンピューターウイルスか。

デジカメの普及にともない、この店にもパソコンを導入した。機械音痴の親父に代わって母さんが管理していたようだが、母さんが亡くなってからは親父が扱わざるをえなかったはずだ。もちろん、ウイルス対策ソフトは入れているだろう。けれど最近のウイルスは巧妙で、次々と新しいタイプのものができている。ウェブサイトを見るだけで感染するものも、SDカードのような媒体を通して感染するものもある。親父がそれに対応し切れなかったとしても、不思議はない。

つい先日も東京の大型カメラ店で、店頭のデジカメプリント注文機がウイルス感染しており、客が挿しこんだSDカードが次々感染した、という騒ぎがあった。うちだって、同じことが起こる可能性は十分あったんだ……。

「ほら、順くんも行ってた、さくら幼稚園。あそこがね、卒園式の写真を撮って、現像に出したらしいの。S、S……」

「SDカード？」

「そう、それに入れて。そしたらそれが、ウイルスに感染して戻ってきたって、園長先生、怒鳴りこんできてね。園児の写真や個人情報が、流出したんじゃないかって。今はこういうご時世だからねぇ……」

「……」

「業者さんに調べてもらったら、不幸中の幸いって言うのかしら、そういうタイプのウイルスじゃなかったみたいなんだけど。でも、そういうことになったっておかしくなかったし、商売人として失格だって、お父さん、園長先生に土下座までしてね。責任とる形で、お店やめちゃったの」

「……」

「もうほんと、私たち年寄りには到底わからない、難しいことばかりの世の中になっちゃったわぁ……、あ」

言葉を止めた春子おばさんの視線を追って振り返る。

長ネギのはみ出たエコバッグを提げた親父が、憮《ぶ》然とした顔で立っていた。白髪が増え、背中が丸まり、広かった肩もひとまわり小さくなっている。

「おかえりなさい。順くんに、全部喋っちゃったわよ」

「春子さん……」親父は昔から、ひとつ年上の春子おばさんに頭が上がらない。

「いいじゃない。父子《おやこ》なんだから。順くん、心配して帰ってきてくれたのよ。あなたが悪い病気かもしれないって勘違いして、フラフラしてたのよ」

「は、春子おばさん！」今度は俺が慌てる番だった。

「ふふ。じゃあ、あとは父子水入らずでね」

春子おばさんはそう言ってウインクして、出て行ってしまった。

「――……」

途端に、重い沈黙が訪れる。

くるりと向けられた背中に、慌てて「親父！」と叫んだ。親父が憮然とした顔のまま振り返った。

「……写真、撮ってほしいんだ」

「……何？」

俺は上着を脱ぎ、白いシャツのボタンを上まで留めた。

「とうとう、裕樹まで結婚しちゃってさ。俺も、流行りの婚活《こんかつ》ってやつしてるんだ。だからその、見合い写真、撮ってくれよ」

「……」

さっきダンボールの中身を見て、思いついた。いや、どうしても親父に撮ってもらいたくなった。一生一緒に生きていく、大切なひとと出会うための見合い写真。

そして親父はきっと、いや、必ず撮ってくれる。親父は写真に、仕事に、誇りを持っているどころか、命を懸けているような人間なのだから。

俺は白いスクリーンを下ろし、照明を明るくして、辺りを手早く掃いた。その間に親父も、無言でカメラやストロボの用意を始めていた。

鏡を見て髪を整え、革靴の汚れを落として、スクリーンの前に立つ。少し緊張していた。こんなふうに親父に写真を撮ってもらうのは、何年、いや、何十年ぶりだろう。

俺は、親父の写真が大好きだったのに。

「……あのころは、まさかと思ったけど」カメラを構えた親父が、ファインダーから目を離さずに言った。

「おまえが言っていた通りの、世の中になったな」

「……」

――そういえば、昔からこうだった。

普段あまり話さない親父が、ここでだけは話しかけてきた。なぜだろうと思っていたけれど、今ならわかる。

きっとこうして話しながら、俺の一番いい表情を引き出してくれていたんだ。

「仕事は、どうだ」

「……楽しいよ」

「そうか」

「けど俺、こんな仕事してるのに、何もしてやれなかった……。ごめん」

俺も不思議と、素直な言葉がこぼれた。一人で店を閉める決意をして、土下座までして……、親父はどんなにつらかったことだろう。

「いや。わからないことが、多くなりすぎた。潮時だったんだ。足腰が痛いのは、本当だしな」

「……でも、よかった」

「え？」

俺はひとつ息を吸って、言った。

「大変なことだけど。店を閉めなきゃならないようなことだけど。それでも、俺……、ウイルスに感染したのが親父じゃなくてよかったって、心の底から思ってるんだ」

「……」

「親父。長生きしてくれよ。これから俺の結婚式も、孫の顔も、その成長も、ちゃんと撮ってくれよ。親父に撮ってほしいんだ。親父の写真が大好きなんだ。頼むよ」

「……」

まくしたてたあとでほうっと大きく息を吐くと、また沈黙が訪れた。時計の針の音だけがチクタク響く。でも今度は、いやな沈黙ではなかった。

「……まだ相手もいないくせに、ずいぶん気が早いな」

そう言って、親父はふっと笑った。

我に返って、照れくさくて、親父が笑ってくれたのが嬉しくて、俺も笑った。

その瞬間バシャリと、まぶしくストロボが光った。

リンダブックス
99のなみだ・桜 涙がこころを癒す短篇小説集
2012年4月5日 初版第1刷発行

・編著 リンダブックス編集部

・企画・編集 株式会社リンダパブリッシャーズ
東京都港区東麻布1-8-4 〒106-0044
ホームページ http://lindapublishers.com/

・発行者 新保勝則
・発行所 株式会社泰文堂
東京都港区東麻布1-8-4 〒106-0044
電話 03-3568-7972

・印刷・製本 株式会社廣済堂
・用紙 日本紙通商株式会社

「99のなみだ」は、株式会社バンダイナムコゲームスより2008年に発売されたニンテンドーDS用ゲームソフトです。

ISBN978-4-8030-0319-2 C0193

99のなみだ

99のなみだ 光
光

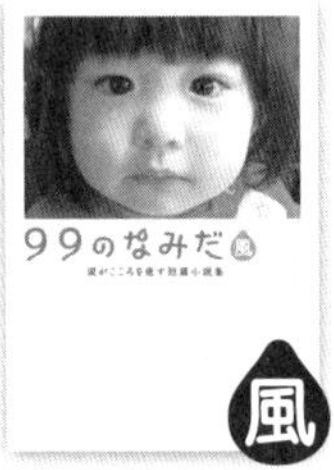
99のなみだ 風
風

99のなみだ

99のなみだ 星
星

99のなみだ 花
花

99のなみだ 雨
雨

99のなみだ 雲
雲

99のなみだ 月
月

99のなみだ 空
空

「99のなみだ」シリーズに寄せられた
読者の感動体験が本になりました。

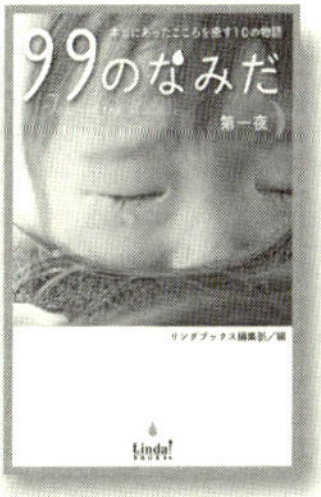

99のなみだ 第一夜

本当にあったこころを癒す10の物語

魂をゆさぶる
真実の物語に
なみだが止まりません。

99のなみだ 第二夜

本当にあったこころを癒す10の物語

どうして
本当のなみだは
こんなに胸を打つんだろう。

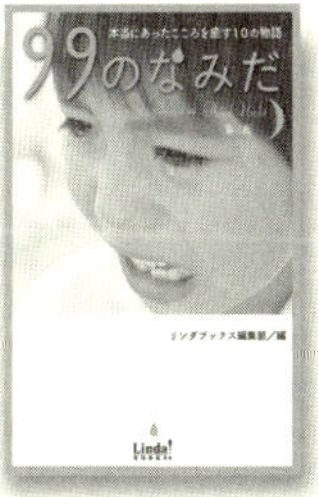

99のなみだ 第三夜

本当にあったこころを癒す10の物語

精いっぱい生きる
あなたの言葉だから
胸に届くのです。

「99のなみだ」作品募集

本気で小説家を目指すあなたの原稿を募ります。テーマは「99のなみだ」に掲載する短篇小説です。

応募規定

- 『原稿』はA4横に縦書き（30行×40文字）で9～12枚の短篇小説を書いてください。1枚目の1行目にタイトルを、4行目から本文を書いてください。必ずページ番号をふってください。
- 原稿とは別にA4縦1枚に横書きでプロフィールをつけてください。プロフィールには「住所（郵便番号も）、氏名（本名）、性別、年齢、職業、電話番号、メールアドレス、小説の受賞歴」を書いてください。

（応募期間）随時募集しています。
（選考方法）リンダブックス編集部の編集長および編集部員が行います。

原稿の送り先

〒106-0044　東京都港区東麻布1-8-4
リンダパブリッシャーズ「99のなみだ」作品募集係

- 原稿が届いてからお返事を差し上げるまでに約1ヶ月ほどいただきます。不採用の通知はハガキでご本人にお知らせします。
- お電話でのお問い合わせはご遠慮ください。
- ご応募はご自身が書いたオリジナル作品1作品に限定します。
- お送りいただいた原稿は採用・不採用に関わらず返却いたしませんのでコピーをお送りください。
- お送りいただいた原稿がそのまま本に掲載されることはありません。編集者といっしょに原稿の直しをしたうえでの掲載を目指します。
- 書籍への掲載時の条件（印税等）は通過された方にのみお伝えいたします。

（応募作品の著作権は応募者本人に帰属します）

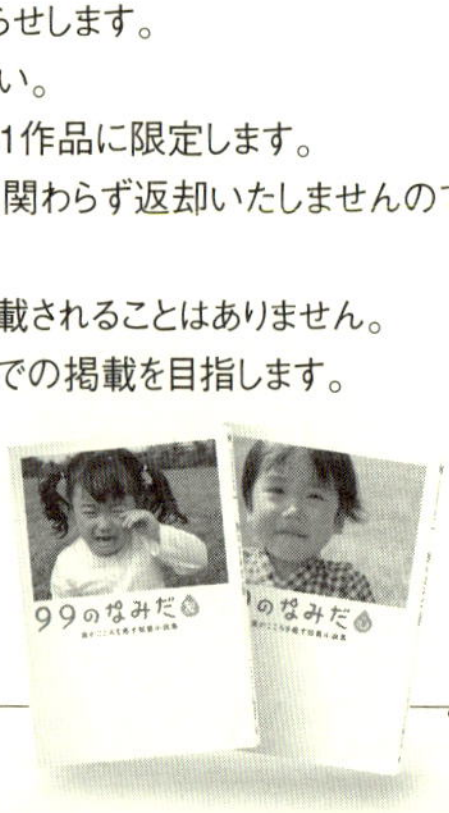